王义新 ● 著

人生的最美

『新实力』中国当代散文名家书系

河北出版传媒集团
花山文艺出版社

图书在版编目（CIP）数据

人生的最美/王义新著.—石家庄：花山文艺出版社，2016.4（2021.1重印）
ISBN 978-7-5511-2783-7

Ⅰ.①人… Ⅱ.①王… Ⅲ.①散文集－中国－当代 Ⅳ.①I267

中国版本图书馆CIP数据核字（2016）第068232号

书　　名：人生的最美
著　　者：王义新

责任编辑：贺　进
责任校对：杨丽英
美术编辑：胡彤亮
出版发行：花山文艺出版社（邮政编码：050061）
（河北省石家庄市友谊北大街330号）
销售热线：0311-88643221/29/31/32/26
传　　真：0311-88643225
印　　刷：三河市华东印刷有限公司
经　　销：新华书店
开　　本：650×940　1/16
印　　张：14.25
字　　数：200千字
版　　次：2016年8月第1版
　　　　　2021年1月第2次印刷
书　　号：ISBN 978-7-5511-2783-7
定　　价：42.00元

（版权所有　翻印必究·印装有误　负责调换）

短而小浅　小而有力

我和王义新并不熟悉，甚至都没见过面，通过朋友介绍，我知道了他，但也只知道一点点，就是他的工作，在著名的企业梦兰集团，仅此而已。

后来王义新给我发来了他正准备出版的一本书的书稿，书名叫作《人生的最美》，一看这个书名，立刻就有一种想马上看一看书稿的心情。因为平时也会收到一些书稿，因为那大多是散文或者小说收成的一个集子，没有更多特殊的特别吸引人的新意，那么这个《人生的最美》又有什么与众不同的地方呢？

读了书稿，我才明白了，这是王义新文学创作的一个特色，是他做了一回有心人，结果就做成了。《人生的最美》由许多很短的篇章组成，多到二百多篇，要在一个工作繁忙的相当长的过程中，写成这么多的单篇作品，而且主人公永远只是一个人"老王"，这是一件需要有持久耐力的事，是一件有系统性的工作，是有持续性要求的，所以，我觉得，王义新在写作上，是选择了一条全新的路在走，这几乎是一条别人没有走过的路。

这是《人生的最美》的价值之一。

接着往下读，读着读着，这个"老王"越来越亲切，越来越自然，越来越像自己的一个朋友，一个熟人，"老王"的许多想法，许多感受，和我们自己越来越相似、越来越沟通。

"老王"平凡得不能再平凡的际遇，就是我们每一个人自己的生活经历，"老王"的普通得不能再普通的想法，就是我们每一个人的思想历程，"老王"就是我们自己。

　　"老王"就是这样走进了读者的内心，与读者的思想感情融为一体了，这是读《人生的最美》这本特别的书后，我所得到的特别的感受之一。

　　《人生的最美》的语言朴素流畅亲切，其中最主要是"亲切"。要把无惊无奇，无风无浪的凡人小事，写得吸引人看，语言是必不可少的甚至是最重要的基础，王义新在小说语言上，有着他独特的"亲切"魅力。

　　文学是一个十分讲究的活儿，不能急躁，更不能粗糙，必须坚持某些文学本质的东西，王义新的文字是讲究的，是坚持的，这是王义新的作品能够达到"短而不浅，有度；小而不轻，有力"这样一种效果。这也是王义新的作品创意创新之处，是赢得读者的高明之举。

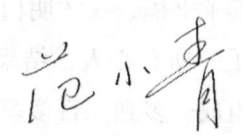

范小青

◆◇◆目录◆◇◆

001　看　书
001　唐诗三百首
002　读　书
003　玩　牌
003　捏　颈
004　街头一幕
004　一篮鸡蛋
005　魔　鬼
006　同学来电
007　大闸蟹
008　落　叶
008　按　摩
009　白　发
010　小学同学
011　邂　逅
013　失　败
013　小青菜

014 感　冒

015 独　立

015 小　偷

016 忘　事

018 败　家

018 浪　漫

020 幼儿园学生

021 想得美

022 快乐（一）

022 快乐（二）

023 香　冬

024 合格媳妇

025 印　象

026 服　务

027 百货公司

028 赌　钱

029 喝　茶

032 酒　驾

033 王技师

034 大　衣

035 鼓　手

036 十三点

037 高　手

037 门路大

038　宠物狗

039　陷　阱

039　花　心

040　优惠卡

041　信　誉

042　父女斗

043　懂　事

043　捡破烂

044　美　德

045　坐黑车

048　好事错办

049　餐巾纸

050　买茶叶

051　晕

053　青蛙王子

054　中华烟

055　送　礼

056　灵璧石

057　傻　瓜

059　摘黄瓜

060　误　会

061　飞　饥

062　中秋节

063　门　缝

064　苹　果

065　半夜饭

066　锯　树

067　增资扩股

068　一只猪腿

069　怀　旧

070　般　配

071　上　当

072　竹和藤

073　狮虎豹羊

074　艳　福

075　先　进

076　风调雨顺

077　剩　菜

078　财　富

079　竹　子

080　交通事故

080　橱窗人

081　吃得开

082　竹　柄

083　铁　铲

083　紧固件

084　碗　盆

084　打包的剩菜

085　金鱼缸

086　开心木匠

086　谎言无忌

087　吃馒头

088　信　任

088　寸争尺算丈不算

089　不吃假

090　英　雄

090　小飞虫

091　腐　败

092　吃懒饭

093　坏事不坏

094　做鞋样

095　方　便

096　医疗扶贫

096　人生的最美

097　疏通天沟

098　吃　鱼

099　躺　椅

099　嫖　娼

100　参观藏品展厅

102　溅几滴水回家

102　慢郎中和急惊风

103　高　汤

104　食　堂
104　打　车
105　换酒店
106　传　销
107　择优录取
107　疗伤武器
108　电梯效应
109　做快乐的贫穷者
110　结婚二十年
111　快乐和幸福
112　子虚乌有
113　洗澡水
114　第三夫人
115　**魔　鬼**
116　黑　蚊
116　挎　包
117　急刹车
118　乐山大佛
118　乌木博物馆
119　游万年寺
120　白龙洞
121　猴山观猴
122　成都宽窄巷子
123　老　陶

124 畅游九寨沟

125 藏民家访活动

126 游黄龙五彩池

127 听郭德纲相声

128 放　松

129 迷你猪

129 自　责

130 老婆的境界

131 缺德和缺得

132 香蕉皮

132 轮　椅

134 算　了

135 爱情的力量

136 马影子

137 眼镜片

138 无　奈

139 外　企

141 可怜虫

142 母亲的奢求

143 《梅花三弄》

144 唠　叨

145 妈

146 男　人

147 录　梦

148　魔　鬼

149　剩　女

150　换　锁

150　散　步

151　回头货

152　吃　素

153　福　狗

154　钓　鱼

155　拆迁（一）

156　拆迁（二）

157　山　竹

158　家中的院子

159　幸运石

160　悼　诗

161　中华第一剪

162　拉风箱式睡眠

162　被"魔鬼"拥抱的池潭

163　老师的心经

164　诱惑的力量

165　油画脸

166　一米线

166　骂自己

167　活蟹活蟹

168　做　戆

169　烈　马

170　戴　帽

171　修下水道

171　生女孩好

172　得道成仙

174　顶端劣势

176　儿子的合影

177　读后感

179　猫头鹰

180　黄布林

181　用　人

182　化妆品

183　服　帖

185　成功之母

185　幸福是什么

186　出租司机

188　真假秀

190　插花牡丹图题诗

191　插花百合图题诗

192　在　唧

193　畸形青鱼

195　三分道理

196　一桶油

197　忘　杯

198　汽车座椅套广告
199　飞机上的摩擦
200　男人是一个家庭的小太阳
201　井、潭、湖
202　油画人生
203　谨防医"死"
204　谨防"新羊狼"
205　好心办坏事
206　没有罪名的过失杀人
206　美丽的陷阱
207　雅　傻
208　帮别人就是帮自己

210　后　记

看 书

晚上，老王躺在沙发上看书，不知不觉睡着了。

一会儿，老王醒来，翻了翻手中的书，竟不知看到何处。

老王想："年轻时看一夜书都不觉得累。可如今，手中拿着书，没看几页眼睛就想罢工，莫非真的是老眼昏花了？"

老王心想：还是年轻时多读书好。

老王又想：真糊涂，年轻的时候怎么不这么想呢？

唐诗三百首

老王闲来无事，就拿着一本《唐诗三百首》翻翻看看。朋友问老王："你老是看《唐诗三百首》，你能记住多少呢？"

老王摇摇头说："年龄大了，记不住多少了。"

朋友说："那你还天天捧着看有什么意义呢？"

老王笑着说："你天天吃饭，第二天东西都到厕所里冲走了，那你每天吃饭有什么意义呢？"

读 书

老王在书房看书、写字。

老婆走过来,将老王写的一篇文章撕了,不高兴地说:"你一天到晚不做事,只知道看书、写字!看书、写字!"

老王也气呼呼地说:"我本来什么都不会,只会看书、写字,你管那么多干吗?"

老婆没好气地说:"我就要管你!你看书、写字像发痴一样,我宁愿让你坐着,也不要让你看什么书!写什么字!"

老王说:"看书、写字是我这辈子最大的爱好。看书、写字就像是我的生命一样。不看书、不写字叫我怎么过啊?"

老王又说:"既然你连我的命都不要,那我们干脆趁早拜拜。"

这时,老王搓搓眼睛,发现自己做了一个梦。

静坐片刻。老王心想:"现实里,自己看书、写字也没那么痴,老婆也没管得那么紧,为何梦中会如此呢?"

老王左思右想,忽然明白:梦想并不一定是美好的。现在自己日子远比梦中来得幸福、快乐、惬意。

玩　牌

出差在外。晚上无聊，大家请老王一起玩牌，四个人打120分。整个晚上，玩了五局。老王和对家，四胜一负，胜了对手。

对手在打牌的过程中，不时地对老王说："你的手气真好，一直摸到好牌。"

是啊，老王打牌的能力十分平常，然而，今天的手气确实不错。老王心想：人生有的时候也不过如此。于是老王乐乐地回答说："能力固然重要。但有的时候，运气比本事更重要。"

捏　颈

做足疗，老王要求服务生留出一点时间再捏捏颈子。后来，服务生把捏腿的时间都给老王用在捏颈上。

老王特别受力。服务生也特别卖力。为了减轻老王的疲惫，服务生还为老王拔了一次火罐。

回到家中，老王的颈子依然感到不适。老王老婆说："我帮你捏捏。"

于是，老婆根据老王指定的地方，不重不轻地反复帮老王抓捏。三刻钟过去了，老王感到十分舒服。

这时，老王想到和朋友一起喝茶时朋友说的一些话。朋友提起一位女士，问老王那女士现在情况怎么样？老王告诉他，现在她生意做得挺好的。朋友说她能干事，但这种女强人只能做朋友，不能做老婆。

老王说："我们都是有老婆的人了，不管是女强人，或不是女强人，都只能做朋友。"

朋友说："是的。你看我的老婆，一天到晚稀里糊涂，多幸福。"

老王心想：是啊！我老婆没多少文化，整天为我和孩子操心吃和穿，整天就这样稀里糊涂地过日子，无所追求。然而却天天笑口常开，天天露出很幸福、很满足的样子。

老王顿悟：原来"稀里糊涂"的女人很容易获得幸福。

街头一幕

一个残疾人坐在街头乞讨。他咧着嘴一直在笑。他傻笑的样子很是滑稽，令人忍俊不禁。

一个年轻人看着也在笑。老王走过去，问他在笑什么？年轻人看着残疾人说："你看这个戆大，笑得多傻！"

老王瞧了年轻人一眼，心想：你俩不知谁笑得傻，谁笑得最戆！

一篮鸡蛋

老王三十多年前，在一家工厂工作。同事造房子，要老王代为买一篮鸡蛋，并为他送到家里，等上班后把钱还给老王。

老王坐在同学的自行车后座上，如期将一大篮鸡蛋小心翼翼地送到同事家。

如今，同学还提起这件事来，老王笑笑说："那同学钱还没还呢！"

同学说："他太不道地了，一篮鸡蛋在我们一个月赚十八块钱的年代也算不小的钱了。"

老王说："没什么。想起这件事我感到很幸福。这一篮鸡蛋，为我们增添了美好的回忆和我们在一起工作时的幸福时光。"

风风雨雨几十年过去了，有些看似遗憾的小事，却是历久弥香的记忆。

魔 鬼

小时候，老王的父亲不让老王看电视，说电视是魔鬼，按钮一开，魔鬼就来了。于是，至今，老王养成了不太爱看电视的习惯。

现在，老王却发现自己的父亲天天坐在电视机前看电视。于是，老王戏谑地对父亲说："天天与魔鬼打交道，不怕被魔鬼带了去？"

父亲笑着说："反正早晚要去的。去早去晚一个样，随缘吧。"

老王看着"着魔"的父亲，怎么会不明白以前父亲的用意啊！那是不让我们把青春的大好时光浪费在电视机前啊！老王也终于明白了父爱的伟大，父亲的爱就像一个迷宫，深藏着，要你自己去探寻和发现。

同学来电

昨天，同学聚会。班长告诉老王，他儿子参加一个昆山笔记本电脑的设计比赛，已进入得奖范围之内，也就是在前五十名范围之内了。

今天中午，班长又打来电话，告诉老王一个好消息，说他查了网上，他儿子已进入了争夺金奖、银奖之列，铜奖已是没有问题的了，铜奖奖金有一万元，要是能争得一个金奖，那奖金可达十万元之多，过几天还要去昆山参加答辩。

老王接了电话，想想自己的孩子，目前也没有班长的儿子那么优秀，心情一直很平淡，也无啥激动。因此，也没有夸奖班长的儿子，也没有夸奖班长培养出了一个出息的孩子，只是"嗯""啊"地回答了对方。

挂了电话，老王有些懊悔，人家很信任自己，告诉自己与之毫不相关的消息，唯一的目的是想与朋友分享一下他的喜悦，或许也想听听别人的赞许，满足一下心理上的需求。可是，老王的木讷，有些迂腐。老王想抓起电话，补上一些赞许的话。可是，听筒拿在手上又放下了。心想："儿子没人家出息，也是正常啊。我不是也没人家出息，不是也很幸福，也很开心啊！"

世上本无事，庸人自扰之。算了吧。儿孙自有儿孙福。老王不禁自问：为那么一件小事烦啥呢？

大闸蟹

老王应邀到沙家浜去吃晚饭。

老王来得早，正好参观一下店主新开发的水上酒楼。老王沿着中间走廊走。进得一半，看到有一位厨师在过道旁边煮蟹。旁边桌子上摆放着几大串被五花大绑的阳澄湖大闸蟹，一只只还吐着白沫。

一会儿，厨师从锅里捞起一串串大闸蟹，又将吐着白沫的一串串大闸蟹放入滚烫的锅里。

老王有点心慈，不由得有点怜悯起大闸蟹来。老王想："一会儿还要吃这大闸蟹，把大闸蟹碎尸万段，自己实在是太残忍了。"

老王又想："自己太幸运了，这辈子没有投胎做螃蟹。否则可能也是这样的命运。"

老王越想越兴奋，越想越感到自豪。

老王高兴一阵，忽然又哀沉一阵，心想：自己的快乐，自己的口福竟然建立在这无辜的大闸蟹身上，有点于心不忍。

继而又想：现在许多人的幸福都建立在别人痛苦的基础上。我的幸福建立在别的动物身上，这算得了什么呢？

突然，老王又感觉快乐起来。

落　叶

　　晚上，在街上散步。眼前，草坪上不时出现飘落的黄叶。老王对残败散落的叶子犹生怜悯起来。这叶子本来生长在一个生命体上，自由地在阳光下呼吸，可现在却离开了母体，微卷着身躯，无依无靠地静静地躺在绿油油的草坪上。

　　老王心想：街道上的树望着从自己身上掉下的叶子不知有何感想？是否有些伤感？

　　老王一边走一边想，突然心情又宽慰起来。这残落的叶子，不正如人身上的头发，手上的指甲吗？头发和指甲长在人的身上，牵动头发和指甲，人的身体就会有感觉；头发和指甲被修剪落地，离开了人的身体，人对剪落的头发和指甲从未有过什么感觉，从未产生过什么怜悯，都是不屑一顾，弃之而去。这残落的树叶，不就是树身上剪落的头发和指甲吗？怜悯落叶，犹如怜悯剪落的头发和指甲，岂不是无中生"忧"吗？

　　想到这里，老王心情一片怡然，步子也矫健起来。

按　摩

　　晚上，写了一会儿字，老王躺在沙发上休息。老王老婆以为老王颈子又不好了，走上前去帮老王捏颈子。一阵下来，老王被老婆捏得十分舒服。

老王高兴地对老婆说:"你真聪明,去做了几次按摩,你竟然也会按了。而且按得比店里的服务员还舒服,正是无师自通啊!"

老婆乐呵呵地说:"其实我是蛮聪明的。"

老王想:老婆真的是蛮聪明的,手脚灵巧,菜又炒得好,也是无师自通,还有做什么糕点,做啥啥就好吃,简直是玲珑湾里来的。

老王想想蛮高兴,这辈子娶了一个聪明的老婆,就像娶到了一辈子的幸福一样快乐。

老王快乐了一阵子,又开始叹息起来。老婆不解地问老王:"你叹什么气呀?"

老王说:"这么聪明的人不多读书,却让我这些笨蛋去多读什么书?世界真是奇怪,有时也真是不可理喻,真是理数颠倒啊!"

白 发

坐在沙发上。老王老婆发现老王有几根白头发,甚是惊讶,说:"你怎么也有白头发了?"

老王说:"这有什么稀奇。你以为我不老吗?我的鼻毛也发白了。"

老婆好奇地看老王的鼻子,果然发现有一根白色的鼻毛,说:"怪了,真的有一根白的鼻毛。"

老婆拿来剪刀,把白色的鼻毛剪了让老王看,并继续问老王:"你是怎么知道的?"

老王瞧瞧老婆说:"当然从镜子里看到的。"

老婆这时又发现新大陆似的,惊呼道:"啊呀,你的额上也有皱纹了。"

老王还是不紧不慢地回答说:"你以为我真的还那么年轻?不老吗?人过中年,就开始进入老年了哟。"

老婆不再吭声。一直平淡无奇的老王,突然恍然大悟起来,叹道:"看来,不管平时隐藏得多好,一个人的缺点终究会暴露,会被发现。"

这时,老婆反而平静起来,说:"这是必然的。"

老王想:平时,真是距离产生美,老婆根本看不到难得的几根白发,更不会发现我的白色鼻毛,也看不清我额头淡淡的皱纹。

于是,老王对老婆说:"你平时离我远点,省得我会变老了。"

老婆哈哈一笑,说:"用不着的。不是你教我的吗?看人要多看别人的优点,少看别人的缺点;用人要多用别人的长处,不用别人的短处。放心吧,以后我只看你的优点,不看你的缺点了。"

老王乐呵呵地说:"老婆真聪明。你也放心,到目前为止,老王还是优点大大多于缺点。什么时候老王缺点远远多于优点,你就别看我了。"

老婆说:"呵呵。老公身上只要有一点点的优点,我就只看这一点点,直到什么都看不见为止。"

老王笑笑,说:"敬请掌握尺度,看久必累。"

小学同学

在朋友的画室里,老王和画家朋友聊天。

画家说:"今天上午与自己83岁高龄的母亲,以及从内蒙古来的80岁的舅舅,七十几岁的舅妈,去北海公园玩。我走到一个地方，突然听到一曲悲凉的二胡，拉得太好了，听上去好似播放的录音带。因为二胡的曲子还有着背景音乐。我好奇，直往前走，见有一个人确是在拉二胡，身边放着两个音箱，正播放着背景音乐，自己在如醉如痴地拉琴。我再走上前去，看那人好似见过，太过面熟。于是我对那人说：'我好像认识你。'那人抬起头来，看了我一眼，说：'你不认识我。'我说：'我认识你，我是李某某啊。'那人听到我的名字，又惊讶地抬起头来，说：'你是某某？你是某某？啊，老同学啊，你保养得这么好，我都认不出你来了。'"

画家继续说我："这是我阔别43年的小学同班同学。如今，他已退休。闲来无事，就在公园拉拉二胡，度度日子。我见到他，听他拉的琴声，几欲落泪，就像打翻了五味瓶，使我热泪盈眶。"

老王听了画家的讲述，心想：世界上除了亲人，最珍贵的人就是同学和战友。阔别这么多年的同学相见，怎能不感慨万千啊，怎能不激动，不落泪啊！换了我老王，也不知该掉下多少泪了啊！

邂 逅

首都机场，老王正在排队准备安检。突然，老王听到有人在叫自己的名字。老王转过身来，没见有熟人。回过头来，又听到有人在叫自己的名字。老王往左边一看：隔排，排队安检的队伍里，有一位朋友在叫自己。于是，老王与朋友答话，得知：朋友是单位组织一批老干部来北京旅游，现回上海，并说和老王是同一个班机。

安检结束后，老王问朋友是否有车接？朋友说有面包车。老王说坐朋友的车一起回，朋友欣然应诺。

老王到了上海，在必经之路的楼下电梯口等朋友。等到飞机下来的人都走完了也没见朋友的影子。老王又走到提行李处，也没见朋友的人影。

老王想：莫非自己的眼睛不好，错过了。

于是，老王打电话到朋友单位，问那朋友的手机号码。手机号码拿到后，可是无论如何拨打，都是回答："你拨打的用户已关机。"

老王又发短信，也没有回。

老王不知道哪里出了差错，决定不再等下去。

老王来到机场长途车站，问售票处，服务员回答说还有一个半小时才能发车。老王感到一阵扫兴，本来公司派车来接，现在却要傻等这么长时间。

老王不甘心，走出售票处，见有人在问，是否去常熟？老王说："去常熟。"

那人说可以两个人合一辆小车，现在就可以走。

于是，老王和太仓的一位小伙子，还有天津的一位去常熟出差的美貌女士合了一辆车前往常熟。

半路上，朋友来了电话，对老王说："搞错了一个小时，不是同一班机。"

老王说："没关系的，我已在半路了。"

老王一路上想：偶然的邂逅，偶尔的差错，才有这非常的故事。好事变坏事，坏事变好事，这样才有故事，才有回忆。一路上，还有美貌女士陪坐，闲聊，哪儿找这样的好日子啊！

失 败

老王听到一位母亲与女儿的对话:
母亲对女儿说:"我是一位成功的母亲。"
女儿笑笑对母亲说:"那你就是失败。"
母亲问道:"为什么呀?"
"失败乃成功之母呀。"女儿回答说。
小女孩的回答是冲着名言而来的,未必能理解从中的含义。可老王还是在想:在孩子面前说自己是成功的母亲,也未免太骄傲了点,是不是说这话的本身也有点失败?

小青菜

早上,上班前,老王老婆拦住老王,说:"今天太阳真好,你坐在院子里晒十分钟太阳再走。"老婆边说边拿来一只小凳子让老王坐下。

老王坐在阳光下,老婆帮老王捏肩膀。

老王一眼看到院子里一片青翠欲滴的小青菜,对老婆说:"这片小青菜真好。"

老婆说:"是啊,现在来不及吃,一时根本吃不掉。刚才你弟弟来拔了一小碗去。"

老王高兴地说:"老婆真是巧手,连小青菜也种得这么好。"

老婆说:"不是我种的,是你妈种的。"

老王笑笑说:"你看我,想表扬你一下,都找错了地方。"

老婆说:"你总是拿我寻开心,一天到晚不正经。"

老王说:"上班一天到晚做正经事,在家也一天到晚假正经,这不难过吗?拿你寻开心,让你把烦恼用快乐来掩盖,不好吗?"

老婆一边拍打着老王的肩,一边连声说道:"好,好,好!"

这时,老王站起身来,说:"一本正经去了。"

感 冒

老王真幸福,一直过着饭来张口,衣来伸手的好日子。

饭:老王一日三餐。

早餐,老王也吃饭,不吃粥。为什么?理由很强,不愿意有饭做粥吃。每天早上,老婆总是把隔夜预留好的饭菜放在微波炉里转热,老王一起床就可享用。

老王的中餐是在单位吃。

老王的晚餐,只要老王不出去应酬,老婆总是把可口的饭菜准备好了,放在餐桌上。老王一下班,即可张口享用。

衣:老王不用担心,老婆不时会帮老王添置。老王早上起床,当天穿的衣服、裤子、袜子,老婆都会把它放在床边,伸手即穿。

晚上,老王天天洗澡,为什么?老王说:"把一天沾上的晦气,全部洗干净,每天给自己留个好梦。"老王每天洗完澡,总有睡衣、睡裤准备在一边。

昨晚,老王洗完澡,发现老婆忘了放睡衣。于是,老王光着膀子钻入被窝。梦醒，发现自己的鼻子不舒服，直流鼻涕，感冒了。

再舒服的生活，总有不舒适的时候。

老王叹道："自己快成了一个幸福的'废人'了啊！"

独 立

老王在论坛上发了一篇原创小幽默《飞机上的幽默》，中间有五则富有童趣的幽默小故事。

一位网友回帖说："我对孩子说：'你大了，要一个人独立了，一个人睡一张床吧！'孩子说：'那你们大人为什么要两个人睡一张床呢？'我无语。"

是啊，孩子说的话，符合逻辑，大人又不好解释，只能无语相对。

然而，老王想：父母的言传身教，在孩子的心目中就是榜样。榜样的好坏，直接影响到孩子的成长。

老王搔头摸首，心想：自己也是为人之父，我做到了什么呢？

小 偷

老王抓到了一个小偷。

老王把小偷反绑了手，押送小偷到派出所去。

一路上，老王接电话，和电话里的人讲得神采飞扬。这时，小偷说："前面就是我的家。"

老王边听电话，边为小偷松绑，说："快回去吧。"

小偷一溜烟地走了。

人走了，老王突然反应过来，小偷是送派出所去的，怎么被自己放走了呢？老王正要急赶，突然梦醒。

老王睁开惺忪的眼睛，想：这是什么故事啊？这有什么意义在内呢？

老王想了又想，终于有了一个自圆其说的答案：聚精会神和分心是一对矛盾体，对于梦中和他人打电话，可以说是聚精会神；对于主要任务押小偷去派出所而与他人打电话来说是分心。主次不分，结果很惨。光顾了打电话，却把小偷放走了。

老王再想想，现实生活中有这样的傻事吗？哎哟，真有。开车打电话不是同理吗？

于是，老王自言自语道："为了自己和他人的安全，请不要开车打电话。"

老王默说完毕，不禁好笑，怎么最后说出了一句酷似公益广告的话了呢。

忘　事

近年来，老王不知何因，越发糊涂，老是忘事。

不说别的，就说喝喜酒，常忘记。

国庆过后，老王的朋友嫁女儿，请老王去喝喜酒，请帖也收到了，红包也包好了，放在自己的包里，准备到那天去喝酒时送去。

老王印象当中，朋友办喜事是十八号，自己还回绝了其他朋友十八号的邀请。可到了十六号，老王接到了朋友的一个短信，大致内容是到时光临喜宴。因为老王印象当中是十八号，也没有细看。到了下午，又接到了朋友的短信，老王才仔细看了一下，惊叹自己的糊涂，幸亏朋友细心，连续发了两个短信，否则又将误事。

老王想想：就今年，已有两次忘了去喝喜酒。

一次是自己单位的同事结婚，请帖也收到了，可一点也没有想起，直到上班看到了同事才想起忘了去他家喝喜酒，心中真有点不好意思。

另外一次，那是老王多年交往的朋友结婚。

朋友把请帖寄给了老王的另外一个朋友，并多次打电话对老王说，到时一定要出席她的婚礼。老王也满口答应，一定去。

到了那一天，老王也是事多，公事不说，家事也凑热闹，老婆去医院看病，等到老王事情全部安顿停当，已是晚上七点。

老王感觉似乎还有什么事没办好。想来想去，终于想到了今天是朋友结婚的日子。可老王傻了，七点钟，人家早就散席了。

以后，那朋友再也没有打过老王一个电话。老王也不好意思给朋友打电话。这么好的朋友，平时都愿意把心里话向老王说说的人，老王竟然没有参加她的婚礼，是多么让她失望啊！

曾多次，老王想给朋友打电话，把事情解释一下。可老王又想：这样的事，不管如何解释，只会越描越黑，谁信啊？

到如今，老王只得从内心深处向她说一声："对不起，但我真的不是故意的。"

败　家

　　老王手中的一个柯达数码相机坏了。最近，一直想买个上一个档次的单反数码相机。

　　老王经过多方咨询，想买尼康的D90。可是，老王不懂配什么镜头，朋友说镜头是无止境的。

　　朋友还说："有句话说得好：要想男人败家，就给他买个相机好了。"

　　老王心想：那我买个相机不成了败家男人了？

　　老王再想想：要是自己不断更新镜头，不就成了败家精了？

　　老王不觉有点眩晕。

　　老王眩晕一阵却又清醒一阵。可老王有点固执，认准了的事，不太轻易改变。

　　老王心想：败出个精来，就是玩出个精来也是很不容易的。

　　于是，老王决定：尽快购买相机，看看自己有多大能耐，究竟能败出点什么名堂来？

浪　漫

　　老王的高中同学，说有几位考上大学的女同学去了一次国外，回来后问她们："你们去了国外有什么体会啊？"

一位女同学说:"国外比国内开放。"

同学又问女同学说:"国外有什么开放啊?"

女同学神秘兮兮地说:"不告诉你。"

同学故作不乐意地说:"这有什么稀奇,不就那么回事。"

女同学说:"什么那么回事?"

同学也故作神秘地说:"我也不告诉你。"

他的女同学说:"可以告诉你一点,国外的人比国内的人开放和浪漫。"

同学问:"怎么个浪漫法呀?"

女同学说:"不告诉你。"

同学说:"这有什么稀奇,你们看了也学不会,没用。"

女同学反对地说:"什么学不会?"

同学说:"你们不见得去了一次国外一下子就浪漫起来,不可能的事。"

女同学说:"什么不可能?我要告诉你听听?"

同学说:"你们学什么浪漫?估计也漫不出什么浪来。"

女同学不服地说:"你知道我们回国在机场见到来接机的老公怎么来着?"

同学说:"这有什么,一把鲜花,一个拥抱,老一套了。"

女同学说:"你猜对了一点,但不是老一套。"

同学故作惊讶地说:"不是老一套?"

女同学说:"当然不是老一套。"

同学继续问道:"那又是怎么样呢?"

女同学说:"我们见了老公,都像一只只青花田鸡一样跳上去拥抱老公,亲吻老公,你说浪漫不浪漫呀?"

同学哈哈大笑地说:"这倒不是你们浪漫,倒是你说得浪漫,把你们自己说成是一只只青花田鸡,灵动,有趣!"

老王听之，觉得：大庭广众之下，女士们像一只只青花田鸡一样跳上去亲老公，比起那老一套，倒是浪漫不少。

静下心来，老王心想：什么时候也能把自己的老婆送到国外去逛一逛呢？

幼儿园学生

老王看旧报纸，看到一个小学生在课堂上编的一则小幽默，感触颇深。故事是这样的：

有个同学老拖鼻涕，他妈叫他赶快去擦掉，答应给他两个铜板。这同学背过脸去，把鼻涕往里一吸，就问妈要铜板。他妈说："哪来铜板，我是骗骗你的。"这同学就把鼻涕又拖了出来，回说："我也是骗骗你的。"

老王也即刻编个小幽默，掂量掂量自己有多少水平。题目就叫《阴国》，故事是这样的：

老奶奶问儿子："你大包小包送小孩到哪里去啊？"

儿子说："妈，我送孩子到英国去了！"

老奶奶大惊失色地说："什么？什么？"

儿子以为老妈没有听清楚，便加重音量，重复说："送孩子去英国了！"

老奶奶晕倒。

儿子忙扶住老妈，掐她的人中。老奶奶慢慢苏醒过来。

儿子吓得问老妈："你怎么了？好点了吗？"

老奶奶竖起头来，瞪着大眼睛，突然说："我还没去阴国呢，你怎么能让我的孙子先去呢？"

老奶奶边说边举起右手，指着儿子怒道："孽！孽！"

说完，老奶奶去阴国了。

老王写完，对来对去，感觉与那小学生差距很大，一是没他的简洁；二是没他写得幽默。

老王很是钦佩，自叹弗如。

老王再想想，不觉高兴起来：他是小学生，我不成了幼儿园学生了吗？

老王一乐，很坚决地自语道："我比他年轻！"

想得美

老王老婆的朋友，在药店工作，她常和老婆说些心里话。老王回家，老婆总把她朋友的心里话倒给老王听。

今天，老王陪老婆散步。老婆告诉老王说：

她的朋友心情很不好，收入越来越少，去问老板："为什么以前药卖得少工钱反而多，现在，药卖得多工钱却反而少？"

老板说："已为你交了养老保险"。

朋友不明白，继续问老板："养老保险不是以前也交的吗？"

老板不悦，说："反正你蛮好哉。"

朋友讨了个没趣，告诉老王老婆说："这个老板有了情人完全变了样。"

老王老婆问朋友："你怎么知道你老板有情人的？"

朋友说："怎么不知道？他的情人就是和我一起当班的小美女。他们年龄都是三十来岁。小美女老公经常在外，不是天天在家。小美女平时浓妆艳抹，看到老板扭肢搭肩，两人经常眉来眼去。哪个男人不喜欢风骚美女，一看就不正经。"

老王不解，问老婆："你告诉我这些干吗？"

老婆说："没什么，只是随便说说。"

老王摸了一下头皮，笑着说："那就好，哪一天单位工资发得越来越少，但愿老婆不要认为我这个半老头与什么漂亮同事好上了就好。"

老婆用手触了一下老王的肩："你想得美！"

老王哈哈一笑说："想想又不犯罪。"

快乐（一）

老王将车停在一个小区里。车前是一块草坪，草坪里种了许多花木。

一位青年女子牵了一只白色的小狗，十分专注地看着小狗在草坪里东嗅嗅，西闻闻，连小狗拉屎尿尿也目不转睛。

望着眼前的一幕，老王油然感觉到那女子的快乐和无忧。那女子能够静静地与小狗玩耍，即便是孤独，相信没有好的心情也是玩不踏实的。

此刻，老王突然明白什么是快乐，心想：快乐就是无忧吧。

快乐（二）

老王的北京朋友来常熟做客，老王招待他吃螃蟹。

北京朋友见到螃蟹，乐和劲就来了。

朋友说：前些时候，常熟朋友送他一盒大螃蟹，他一下子煮了六个。三口之家，每人吃上两个。他说：可惜，自己不懂吃，那两个大钳子，开始的时候都丢掉了，后来发现，钳子里面的肉很多，也特别香甜。

朋友说：剩下的六个螃蟹，把绑的绳子剪了，放在大浴盆里，并放了些水。第二天，发现螃蟹不见了，到处翻箱倒柜地找。在墙角落里，终于找到了螃蟹。可是那螃蟹松绑后，十个脚趾支开来，真不小，特别是那两个大钳子，挥舞起来还真有点吓人，不敢用手去抓。于是，用镊子钳去夹。可是小的镊子钳还真钳不住螃蟹。又换大的镊子钳，最后才全部把螃蟹抓到锅子里。

北京朋友眉飞色舞，边说边笑，那乐和的劲儿像孩子一样天真烂漫，说得一桌子的朋友笑声不断。

老王心想：原来，不懂也会带来快乐。有的时候，不懂还真不赖，闹点笑话还真能带来快乐。

香 冬

星期天，电脑上挂着QQ。下午三点半多，QQ突然闪动。有一个叫"香冬"的陌生人问老王："有没有时间聊一会儿？"

老王查看了"香冬"的资料，说是二十岁，天津人。

老王想：是美女啊。美女叫我聊一会儿，当然不能拒绝。

于是说："有啊。"

"香冬"说："你听说了吗？湖北21岁的邓玉娇为抵抗三个官员的侵害，杀了强奸她的官员？人家是好端端的黄花姑娘，不乐意就不能勉强的，是吧？"

老王莫名其妙，说："怎么了？各大媒体都有报道啊。"

"香冬"接着说："官员应该是为人民服务的。如今仗势欺人，你说小老百姓怎么办……"

老王说："怎么想到和我讨论这个问题？"

"香冬"只管自说自话："官方还下令封堵相关新闻，不让发帖也不能报道，这算不算官官相护？"

老王很不想听这些。"香冬"只管自说自话，接下去说的都是一些反动的言论。

老王有点不耐烦，说："聊这些，不开心，不快乐，没劲！"并再三告诉她："不要说太多了，我不喜欢听这些。"

可那"香冬"还是自说自话。老王鼠标一拖，把"香冬"拖到了黑名单里。坏坏地自语道："胡扯蛋！看你还能说什么？"

合格媳妇

老王哥哥升了级，开始当爷爷了。

老王母亲可以抱曾孙了，特别开心。

前几天，老王母亲吃到了老王老婆煮的海白虾，感觉十分好吃。于是，老王母亲想为孙媳煮一碗。

老王母亲叫老王老婆陪她去菜市场买海白虾。菜市场上熟悉的摊贩十分羡慕，说："你媳妇真好，难得见到有媳妇陪婆婆出来买菜的。"

老王母亲十分开心，说："是啊。我这媳妇比女儿还好。"

老王老婆回来后，告诉老王此事。老王故作不惊的样子说："这也是你应该做的呀。"

老王老婆不解地说："为什么呀？人家媳妇不少是专门刮公婆大人的，我已经不占公婆任何便宜，还常贴补他（她）们，还说是应该的吗？"

老王说："人家媳妇专门刮公婆大人，对待公婆大人不好，那是叫不应该；而你是相反，所以说是应该。你是合格媳妇，人家是不合格媳妇。"

老王老婆故作不乐地说："那你这个儿子，平时也不关心你父母，你是合格儿子，还是不合格儿子？"

老王笑着说："有你关心胜于儿子的关心，你更能代表我，所以我这儿子不算好，但也算合格吧，对不对？"

老王老婆笑着说："对，对，就你会耍嘴皮子！"

印　象

改革开放的某前沿城市，其服务业比较发达。因为，20世纪90年代初，老王来过这个城市，对这个城市的印象特别差。所以在老王的眼里，这个城市是最不愿意去的地方。

事隔近二十年，因为"高交会"，公司要老王去这个城市参加、接受上级的颁奖。

老王下榻于离"高交会"比较近的一家酒店。

来的前一天，同样的房间是540元一天。第二天就因为高交会将开幕，就提价到740元一天。当然这价格已是折扣后的价格。这种故意提价的行为，在老王眼里，第一印象，这个城市很大程度上有奸诈的味道。

进入房间。房间设施在老王当地的话，最多是三星，这里却挂五星。24寸的小电视机是打不开的,叫服务员才能开。遥控器电池盖板也没有。领导的房间也是,电视机遥控器是关不掉的,床头控制器也是关不掉的,睡觉休息只得开静音。硬件有瑕疵,这是第二印象。

老王去"高交会"会场。因外面在下雨,竟然五星级宾馆没有雨伞,说已用完了。虽然这里的服务业发达,但这里的服务意识并不强,这是第三印象。

老王领到的奖牌,因不好提,叫大厅服务生包裹一下。服务生口口声声说没有东西包裹。老王再三说用塑料扎线扎一下就可以。服务生无奈,领老王一起到库房找了一捆塑料扎线。可服务生不愿意帮老王包扎,宁愿在大厅晃悠。老王只得自己动手。软件也不到位,这是第四印象。

来到这个城市的时候,一路上听说这个城市的治安并不好。综合上述因素,老王最终得出结论:这种地方依然是老王最不愿意去的地方。

服 务

早上,老王老婆对老王说:"老公,和你去接一下姐姐家的孩子。她们要去种菜,孩子没人照看。"

老王叹了一口气,说:"你太崇高了,太伟大了!"

老婆说:"什么崇高?什么伟大?不就是照看一下姐姐家的孩子吗?"

老王说:"你不仅无偿为人家照看孩子,只要有人叫你,你就去服务,比如:妹妹常让你炒菜聚餐,你总是无偿还要贴钱,高高兴兴地大开锅盖等等，等等，在你身上真正体现出了'为人民服务'，这不是崇高和伟大吗？而我呢，只为人民币服务，只要哪里有钱赚，我就愿意去为之服务，所以，你比我崇高，比我伟大多了。"

老婆说："人家知道我有时间才这样的。'为人民服务'又不是坏事。再说，'为人民服务'离不开你为人民币服务，没有经济基础，也是做不到的。这不，你和我一起去接小孩子，你不也是无偿服务吗？你不也是很崇高，很伟大吗？"

老王听了老婆所说，一乐，忽然感觉自己也崇高、伟大起来。

百货公司

老王去邮局，单位的同事搭车，正好要去邮局旁的银行。同事也是老王二十多年前一起在机关工作的同事，现在退休后被单位聘用。

一路上，同事说，前一段时间去医院看望病人，正好碰到一位九十多岁高龄的熟悉的老同志也在医院治疗，同事问他在治疗什么病。

老同志笑笑说道："我这毛病，就像百货公司一样，什么都有，没法治了。即使治了，也没有什么生活质量了，我已不想治了。可是我女儿非得给我治疗，难得儿女有这份孝心。现在，我只得让医生调整一下'百货公司'的产品了。"

老王听之，慨叹生命之短暂。慨叹中，老王不知不觉又佩服起这老同志来了。这老同志面对生死，有如此乐观的态度，保持着一种快乐、幽默、风趣的好心态，真是不易啊！

赌　钱

晚上，老王老婆对老王说起村子里的事情。

老婆说："某女经常不回家，赌博输了一百多万元，问两个哥哥借钱。哥哥都不借她，说母亲有十万元，你问母亲去要。某女真的问母亲要到了四万元。某女偶尔回家，老公对她说：'你还想到回来，你干脆别回来了。'"

老王惊讶地说："那女的还是我小学同学呢，没想到啊！"

老婆继续说："还有一个小老板，也是赌博输了百十来万，可能借了钱还不出，被人告了，拘留了半个月，现在刚出来。"

老王又是惊讶地说："那人上个月还在某4S店买汽车呢，我还见到他，和他说话的呢。没想到这人还欠这么多赌债。"

老婆说："是啊。这种人拿别人的钱不当回事，现在可麻烦了，也是活该！"

老王看看老婆，说："你说这些是为我打预防针哇。"

老婆笑着说："哪里？我知道你不喜欢赌博的，只是说给你听听的。"

老王也笑着说："我心里明白，你还是有点担心的哟。"

老婆坚决地说："没有。我是很相信你的，你是绝对不可能去赌的，我心里明白。"

老王依然笑笑说："呵呵，说给你听吧我不赌的理由。一是，前辈的教训：我爷爷喜欢赌博，远近闻名，把做生意的钱几乎全部用在赌博上，结果越输越赌，输了再去做生意，赚了钱再去赌，最终落得病魔缠身，悲惨告终；二是，赌博的环境差：一帮子人烟雾缭绕，我又不吸烟，吃不消；三是，耗精力：赌博的人总有这样的心理，输了想翻本，赢了再想赢，不到筋疲力尽不想罢休；四是，赌博伤和气：打错了牌，自己输了钱不说，别人还会怪你，连累别人输钱。所以啊，在我心里有这么多理由，这辈子是不想赌钱的了。"

老婆看了老王一眼说："我和你赌。"

老王问老婆："我们赌什么啊？"

老婆说："当然赌钱啊。"

老王说："那我干脆把钱给你拉倒，省得费那么多劲。"

老婆把手一伸，说："拿来。"

老王在老婆伸出的手上拍了一掌，说："没那么容易。"

老婆说："那就赌吧。"

老王一字一句地说："没——工——夫！"

喝 茶

晚上，老王经常和老钱喝茶聊天。老王老婆认为老钱有点江湖气，让老王不要多和老钱无聊喝茶。老王只是笑笑，依然常和老钱喝茶不误。为此，老婆有些不乐。

有一天，老婆对老王说，她亲戚的女儿不见了，据说是被一个淮安的无业人员拐走的。那无业人员的姐姐曾租住在她亲戚家，现在还租在亲戚的邻居家。那无业人员曾在其姐姐租房期间，和姐姐待过一段时间，和老婆亲戚家的读初中的女儿混熟了，那小孩没有戒心，因此被骗，跟着那无业人员"找工作"去了。

老婆要老王帮忙。老王想来想去，没有什么好办法，要么就是报案。经过一番思索，老王想到老钱与公安局的朋友比较熟。于是，老王请老钱让公安局的人帮忙出出点子。

公安局的人员了解情况后，认为不够立案的基本条件。怎么办？公安局的朋友很热情，想到他有一战友的同学在淮安公安局工作。于是，在公安局朋友的带领下，老王和老钱以及老王的舅子及其亲戚一起驱车来到公安局朋友的战友处。经过一番联络，对方同意帮忙协查无业人员。

老王的舅子及其亲戚，当夜就前往淮安。第二天，经过当地公安人员的威慑，无业人员的家属同意想办法告知其儿子把被拐女孩送到常熟。

老王的舅子和其亲戚回到常熟，等待消息。

又过了一天，在当地公安人员的催促下，那女孩子终于被从昆山送回常熟。

据小女孩说，她上了车后也感到不对劲，但又没有办法了。到了淮安，在那无业人员家里，早上一大早就叫她起床洗衣做饭，并不让出门。小女孩曾偷偷拿手机发了一个信息给父亲，说自己挺好，不要来找。其实，小女孩听到他们说，假如老家来找人，他们要把来找的人打回去。小女孩害怕他们打父亲，所以想方设法发了这个信息。

据老王的舅子去那无业人员的家后介绍，说那简直不像是家，与我们这边的猪圈差不多，可谓是家徒四壁。

小女孩获救了，老婆很高兴。老王风趣地对老婆说："现在不反对我和老钱喝茶了吧？"

老婆说："呵呵，幸亏有这个朋友，否则后果不堪设想。"

老王笑笑说："明白就好。有缘交友，我看上的是人家的优点。人家缺点再多，不是我自己的，不学就行；人家优点再少，只要有，也是我学习的榜样。即使无法学习，适当的时候也可以借用朋友的优点发挥作用，从而起到解决问题的作用。"

老婆连声说道"对，对，你说得对。"

老王继续说道："其实用人之道也是一样，每一个人都有优点和缺点，关键是你用了他的优点还是缺点。用足他的优点，你就会成功；用足了他的缺点，你就会失败。"

老婆又连声说道："对，对，你说得很有道理。"

老王接着说道："其实，每一个人的存在都有其作用，关键在于你怎么去看他。就算是一个十恶不赦的恶棍，你说得他一无是处，他也有可用的一面，最起码可以当一个活生生的反面教材，让人引以为戒。"

老婆瞧了老王一眼说："那你去和恶棍交往，你反正不学他的缺点，让你看清楚恶棍的反面教材。"

老王哈哈一笑，说："老婆不乐意了？"

老婆说："哪有啊？我说的不是也有道理吗？"

老王说："有些优点，并不需要交往就能明白地用上的。有些优点，一定要通过交往，取得彼此的信任，才能学得到，用得到的。"

老婆说："好了，好了，你有理，我反正再不反对你和老钱喝茶了。这下可好了吗？"

老王乐乐地一笑，说："当然好。不过，现在想想，老婆还是通情达理的。"

老婆在老王的肩上用力捶了一拳，说："去你的！"

酒 驾

老王与朋友吃饭。朋友对老王说:"你现在开了汽车,连酒都快要戒掉了,没了气氛。"

老王说:"是啊,喝酒不开车,开车不喝酒,我是越发坚决了。原因有三:一是,交警查得严,不能铤而走险;二是,对别人负责,也是对自己负责,安全第一;三是,想起一位普通老百姓的一句无奈之语,酒驾会自责,有一种负罪感。"

朋友问道:"什么无奈之语,让你有如此感怀?"

老王说:"多年前,有一位市领导,酒后驾车,把一位老太撞伤了,老太没有指责市领导,只是说:做干部,吃么吃点好了,吃了么不要开车撞我们老百姓哉。想起这句话,虽然,老王不是什么干部,但是坚持喝酒不开车,开车不喝酒了。"

朋友笑道:"有道理!下次大家不开车,一起喝个痛快。"

老王也笑道:"也不能多喝,酒少养身,酒多伤身。否则会乐极生悲的。"

朋友诧异道:"你哪来那么多道理啊?"

老王依然笑道:"你们说对不对?"

朋友说:"对是对,但喝少了没气氛啊。"

老王说:"酒多虽然气氛好,但更多的会变气愤。"

朋友问道:"为什么?"

老王说:"喝多了自己身体不舒服,回家后家里人对你会生气,你说酒多好不好?"

朋友说："道理是对的。"

老王笑笑说："对就好，这叫万事有个度。"

朋友哈哈一笑，开玩笑地说："那喝多少度的啊？"

老王也乐呵呵地说："那就喝低度的吧。"

王技师

前两天，老王去保健会所。听说常为老王推拿的王技师，两个月前去喝喜酒的路上被车"送"去了天堂，再也没有回来。

这几天，王技师的容颜一直在老王的脑海里出现。虽然，从头到尾，王技师为老王做推拿也只不过十来次，但毕竟是熟悉的。所以，在老王的心里一直觉得五十来岁的人突然意外离世，十分惋惜。

老王心想：世事难料，真是天有不测风云，人有旦夕祸福。人正是生活在危险之中啊！

老王再想想：其实，地球村上，如王技师一样悲惨命运的人很多很多，只是与老王不相干而已，所以也无所怀念。

人生来不由己，去不由己。如今，老王在怀念王技师的同时，越发明白，活着才是真正的幸福，应该珍惜活着的每一天，对得起自己的每一天。虽然，人生不如意十有八九，但始终能保持一个快乐的好心态，去快乐地生活，去快乐地工作，去领悟活着的幸福。因为，快乐地活着，才是真正幸福的天堂。

大　衣

老王的朋友大老王与一位朋友相处热络。

有一天，大老王对朋友说："你身上穿的大衣十分好看，穿着特别精神，很上档次。"这位卖服装的朋友笑笑，没有作答。

过了一段时间，大老王再与朋友见面。朋友说："我帮你进了一套上次你看我穿的那样子的大衣。"

大老王想："我是随便说说的，也没有让你帮我买这种衣服。"

大老王又想："算了，既然朋友已进了货，那就买吧。"

大老王问朋友："多少钱？"

朋友说："800元。"

于是，大老王付了钱，取回了大衣。

第二天，大老王穿着新的大衣准备上班。大老王下意识地在大衣内侧上袋里摸了一下，竟然摸出了许多香烟丝。大老王明白了，这件衣服就是朋友穿的那件旧衣服。于是，大老王毫不客气地找来朋友，把那件大衣退还给了他。

从此，那位朋友再也没有找过大老王。

老王听了大老王的故事，十分感慨：真正能做一辈子的好朋友，就如一个'朋'字，两个月亮挂在一起一样不容易啊！

鼓　手

老王的朋友老钱告诉老王，家里养了十多条金鱼，有台湾产的透明金鱼，也有墨鲫等稀有名贵品种。

冬日里的一天，院子里的金鱼缸突然被冰冻，金鱼缸里的水结了一层薄冰，可能由于空间小，冰下氧气不足，金鱼全部死亡。

老钱站在金鱼缸边，若有所思地对着死去的金鱼说："唉，可惜了，现在倒是没有喇叭鼓手送你们出门了。"

老钱的老婆在一旁，听到老钱在说什么喇叭鼓手，一本正经地问老钱："你在说什么？在说什么不吉利的话？"

老钱转过身来，对老婆说："你看，这些多好的金鱼，可惜都被冻死了，太可惜了！"

老婆说："那你胡言乱语什么？"

老钱说："我在对这些金鱼说，没有喇叭鼓手送它们。"

老婆一脸怒气地说："你这乌鸦嘴，亏你说得出口，不讨一点吉利！"

老钱说："这有什么？要不是冬天，我找两只青蛙来，晚上放在金鱼缸里，让它们吹吹喇叭。这么好的金鱼，一生也不枉来过我家一趟啊。"

老婆怒道："你这乌鸦嘴，说不出好话来！"

老钱说："开开玩笑，为的是快乐，你这是为什么？什么叫幽默都不懂，岂有此理！"

老王听之，乐之。

十三点

老王对老婆说:"把家里不能穿的衣服送一些老人。"

老王妹妹说:"家里的老人有衣穿,你给他们也是东放西塞,什么时候没得穿再给他们最好。"

老王笑笑说:"没关系,给了他们,他们不穿是他们的事。"

老王妹妹说:"你十三点兮兮,他们多了只会做垃圾。"

老王笑而不答。

妹妹走后,老婆问老王:"你妹妹说你十三点,你还乐和乐和地,真是十三点!"

老王仍然笑笑,说:"十三点好啊,十三点就是下午一点,多好。十三点,正是阳光最灿烂的时候,有什么不好啊?"

老王老婆说:"你这十三点,人家骂你乌龟,你也乐啊?"

老王说:"是啊。乌龟有什么不好?乌龟就是长寿啊,哪有什么不好啊?日本人送礼还送乌龟呢。"

老婆说:"不和你说了,你总是有理!"

老王瞧了老婆一眼,说:"我不是总理,但你知道什么是快乐吗?"

老婆狠狠地说:"你的快乐就是十三点!"

老王依然笑笑,说:"老婆,告诉你吧,其实快乐很简单,有的时候,快乐就是往好处想。"

老婆说:"那人家不怀善意地辱骂你,你也快乐吗?"

老王说:"骂人,就像送礼一样,人家骂我,我不理,就像人家送我礼物，我不接受。你说，这礼物是谁的？"

老婆说："那当然仍然是人家的。"

老王说："呵呵，人家骂我，我不理，骂出的话人家自然得收回给自己，关我何事？为什么我不能快乐呢？"

高　手

晚宴上，老王听到一位老总对一位领导说："我不喜欢点头哈腰，溜须拍马，从来没拍过一个人的马屁。就算你，我当着面也从来不说一句恭维的好话。但你不在的时候，背后里，我一直说你是好人。我就是这样的一个人。"

老王心想：这位企业家真是一位高手！

门路大

老王有一位年长的朋友，门牙中间露了一条大大的缝。人们见到这位朋友感到很是滑稽，看到他张口更觉得好笑，甚至忍不住笑出声来。有的人劝这位朋友去找医生补一下缝，这样就好看多了。

朋友笑着对他们说："我补了牙，你们就少了一些快乐。"

众人不解，问朋友说："你补牙，与我们快乐何干？"

朋友依然笑着说："现在你们见到我就笑，我补了牙你们就不觉得好笑了。不好笑了，快乐就缺少了。再说，我'门路大'，真是求之不得呢。"

众人听之，乐之。

快乐之余，老王心想：有些"缺陷"还真不赖，还真能给人带来快乐！

宠物狗

老王的朋友，住在一个小区里。

小区里有一位宠物爱好者，家里养了只有一根筷子长的袖珍宠物狗，十分好玩。

有一天，宠物狗不小心爬出了门，被邻家的草狗一口咬死了。宠物主向邻居索赔了3800元钱。

宠物主失去了宠物狗十分伤心。他在家为宠物狗安放了骨灰盒，设了灵堂，把宠物狗当成家庭的一员，为其焚香磕头。

一天，宠物主的亲戚来他家，见其家里供有骨灰盒及灵位，十分惊讶，问宠物主说："上面供的是谁？怎么我们都不知道？"

宠物主十分伤心地说："是囡囡。"

亲戚一头雾水，继续问道："囡囡是谁？"

宠物主说："囡囡是我养的一条狗狗。"

亲戚隔夜喷饭，晕倒！

陷 阱

老王的朋友与夫人从第一百货公司购物出来，发现停在百货公司后面的汽车跟前跌翻了一辆电瓶车。老王朋友见四周没人，便将电瓶车扶起停好，然后发动汽车，准备离开。

这时，从旁边的一家小店内冲出三个小"混混"，指责老王的朋友撞坏了他们的电瓶车。老王的朋友很气愤，又苦于有理说不清，便拨打了"110"。

警察赶到现场。双方依然相互指责。百货公司后面没有"电子监控"装置，警察也无法作断，只得让当事人协商解决。协商不成，只能扣留双方车子，到所在公安分局慢慢处理。

正是警察难断"街务事"。老王的朋友无奈，车子就是他的"脚"，没了"脚"十分不方便，只得委屈付了100元钱才告了事。

老王的朋友讲完这个故事。老王心想：正难压邪，小酿大，后患啊！

花 心

老王与朋友坐出租车回宾馆。

车上，朋友说："有一个她认识的女孩，找了一个男朋友。有一天，女孩和男朋友一起出去吃饭，游玩，谈得十分融洽。在回家的路上，女孩和男朋友走过一个交友网聚会的地方，男孩听到里面十分热闹，便对女孩说：'我们进去看看吧，里面一定有许多美女。'女孩听之，花容突变，迅即甩开男孩的手，转身狠狠地看了男孩一眼，气愤地说：'去看你的美女吧！'说完头也不回地打上出租车就走。"

老王想：这男孩真是花心，女朋友在身边竟然还想着去看别的美女，也真是太过分了。

老王又想：我也是男人，换位思考，换了我自己走过那个地方，估计也会想到里面有许多美女。但话说过来，即使想到，也不会进去的，即便是很想进去，也会放弃这种念头的。不因别的，只因旁边有自己的女友。

想到这里，老王分析：为什么自己会这么想？那是因为是要给予别人尊重。即使自己对身边的女朋友不太满意，也不会这样去伤女孩的感情。这么一想，那男孩的行为确实有点过分了，甚至有点缺德。

再一想，老王为这女孩庆幸起来，幸亏男孩之"不良动机"及时暴露，以致，女孩不至于浪费太多的情感，陷入太深。

老王再想想，不觉对自己好笑起来，这样的事要我想这么多干吗呢？

优惠卡

老王与朋友三人去"妙足堂"足疗。根据店规，充值买卡可以获享优惠。充值卡为500元一个档。老王三人一共消费了480元。

于是，老王要求办一张500元的充值卡。柜台服务员说："要充只能充 1000 元。"

老王不明白，说："不是 500 元即可办理充值吗？"

服务员说："这次消费的不算数，只能先充后消费。"

老王说："你是诚心不让我们下次再来吗？"

服务员说："我也没办法，这是店里的规定。"

老王说："那好吧！这次你也规定了我以后再也不要到你这里来消费了！"

信　誉

老王儿子去市里买衬衫后又去理发，付账时发现零钱不知掉哪了。

儿子打家里电话，没人接，又发短信给母亲说："我在理发，钱掉了，快送 30 元钱来。"

老王老婆知道儿子最近玩性较重，不愿送去，便关了手机。儿子连打老王四个电话，老王故意不接。

无奈，儿子回家后说要钱。老王老婆说没有。儿子又问老王要，老王说："你二十岁的人了，理个发，难道自己不知道身边有没有钱？"

儿子说："我付账时才发现钱掉了。"

老王说："难道做事情都是和你这样的吗？"

儿子急了，说："我把衬衫压在那里，人都要讲信誉，你在外面不是也要讲信誉的吗？"

老王说："但是你只知其一，不知其二。事情办糟的一大原因就是粗心。有备才能无患。你这个明白吗？"

儿子说:"知道了。"

老王说:"吃一堑长一智。拿钱去。"

儿子走后,老王想想:现在的孩子什么道理都懂,就是做到难啊。

父女斗

有一个女孩,早年丧母,靠父亲一手拉扯养大。

女孩初中毕业后就随父亲学裁缝。女孩的父亲对女儿管教甚严,以致女孩常常与父亲作斗,吵架。

女孩结婚后,几乎不与父亲来往,父亲很伤心。

有一天,女孩遇车祸轻微擦伤。亲戚告诉了女孩的父亲。女孩的父亲对女儿很是绝望,痛恨地说:"怎么没有被撞死?"

时间一天一天地过去,女孩的父亲也一天天的衰老。

有一天,女孩的父亲病倒了。父亲生病的消息很快传到了女孩的耳朵。女孩却置若罔闻。

亲戚问女孩:"为什么不去看望一下你父亲?毕竟你父亲养育了你那么多年,况且你父亲有生之年也不会太长。"

女孩说:"早该死了!与其养育我那么多年,不如说让我苦闷烦恼了那么多年,我恨的是投错了娘胎,投错了人家。我宁愿他不要生我!"

亲戚去看望女孩的父亲。女孩的父亲一脸悲叹。亲戚问之为何不乐?女孩的父亲呆呆地说:"我不为别的,我最不开心的是人老了不再年轻。"

亲戚说:"废话!人老了当然不再年轻,谁都一样。"

女孩的父亲说:"你不知道,人老了依然年轻的话,我就不要依靠别人了。"

老王闻之,知是老人无奈之言,音外之言。

老王叹之:亲人相伤真是人生的一大悲哀啊!父女相斗到如此地步,绝也!

懂 事

老王与公司董事长及一位董事陪一位熟悉的客人到酒店用餐。董事长和董事一起去点菜,老王陪客人直接进包厢。客人不解地问老王:"你做办公室主任的,为什么不去点菜,却让你董事长亲自去?好像你是老板一样?"

老王想,点菜也是董事长的一大爱好。于是笑笑说:"因为,我还不懂事。"

捡破烂

老王与朋友们一起喝酒。席间,老王很少说话。朋友说:"你一本正经的,干什么呀?"

老王说:"我喝不了酒,就听你们说话了。"

朋友说:"你喝点酒,话多了,就不会一本正经了。快喝酒吧。"

老王说:"喝了酒,话自然会多,但说的尽是废话。"

朋友们说:"酒桌就是瞎吹牛,说说废话才高兴。"

老王无奈，在朋友的劝导下，频频举杯。酒过三巡，不觉话如开闸，滔滔不绝。

朋友说："酒在你身上作用最大。你看，你现在废话越来越多了吧。"

老王哈哈大笑地说："因为我有几个捡破烂的。"

朋友不解，说："这与捡破烂有什么关系啊？"

老王瞥了朋友一眼说："当然有关系了。"

朋友继续问道："有什么关系啊？那人呢？"

老王笑笑说："你们几个不就是？"

朋友大惑不解，说："我们是捡破烂的叫花子？"

老王说："你们不是要捡我的废话听吗？所以今天让你们捡个痛快。"

朋友们突悟，哈哈大笑说："我们成了捡废话的叫花子了。"

美 德

老王与久违的朋友见面。68岁的朋友依然笑容满面，健谈如流水。

晚上，老王与朋友们一起饮酒聊话，朋友借酒三分又是声情并茂地演说一番，激情高昂。

回到宾馆，朋友将他曾经写的得意之作复印件一样样地拿出来，边谈边送给老王；又将关于养生之相关产品说明等宣传资料递送给老王，意在身体保护的重要。然后，朋友又从旅行包里拿出一件竹纤维做的T恤衫送于老王，说："包装拆没了，但没有穿过，送给你。"

老王再三推辞，朋友不允道："接受是一种美德，接受也是一种快乐。你接受了，你快乐了，我也快乐。"

老王没有办法，为了美德，只能接受。

回到家中，老王发现，T恤衫里还包着朋友使用过的短裤。这次朋友来，主要任务是去服务"世博"，会留很长时间，老王很是担心朋友缺少替换之物。于是，第二天，老王在家里取出一件新衬衫，带着朋友的衣裤，打车送到宾馆。

朋友说："你怎么把东西还过来了？这是好东西，你穿穿，有好处。"

老王说："我这里是服装之乡，我家有很多T恤衫。你在外，需要替换，所以我还给你带了一件新的衬衫。"

朋友再三让老王用竹纤维的产品，老王还是坚持地说："下次吧，下次再拿你的东西。"

朋友推辞不收，老王说："接受是一种美德。"

朋友高兴地说："好，我接受了。"

朋友提议，两人拥抱一下。老王欣然同意。老王高兴地说："拥抱也是一种美德，因为拥抱意味着彼此接受。彼此接受，你快乐了，我也快乐。"说完，两人都哈哈大笑。

坐黑车

4月30日，临近五一节，出差在外的老王想坐公交车从南京回常熟。上午10点多，老王到达南京长途汽车站，各个售票窗口已排成长龙。一位"黄牛"先生来问老王去哪儿，说可以帮助插队买票。老王告知去向。"黄牛"先生说："别的地方还可以，往常熟不敢，现在已卖到了下午四点多的票了。"

老王昨天已听说车票很紧张，有的人已隔夜买了今天回程的票。老王想着，正无计可施时，"黄牛"先生说："去常熟倒是有，但要100元，也是大巴。"

老王想，多出10多块钱，只要能早点走，也很合算。于是，老王问"黄牛"哪儿可以乘？"黄牛"说："就在外面加油站。"

老王问："加油站远不远？"

"黄牛"说："不远，就在前面。"

老王又问："几点走？"

"黄牛"说："10点40分。"

老王想：存在总是有理由的。还有不到20分钟，多出10多块钱，坐一回黑车，也是很划算的。于是，老王与两位去常熟的同志一起跟着"黄牛"走出车站。

转过车站，"黄牛"换人带路。老王三人来到车站南侧的小道。小道上停满了小面包等车，可能大部分都是黑车。约等了半个小时，老王等七人，看上去像知识分子，就被安排上了一辆较好的厢式轿车。

老王心想：自己还算幸运，前面一辆小面包车坐满了六七位打工模样的人，那破车多危险啊！

正想着，一位年轻司机上了车，刚发动机器，走了几步远，就把前面右侧的一辆开着车门的小面包车给碰擦上了，门都掉了下来。司机倒车，又将面包车上及自己车上的反光镜也给擦坏了，左侧停靠在路边的小车也被碰了。

无奈，老王等七人又被安排上了一辆与刚才前面那六七个人坐的一样的破面包车，送去所谓的加油站。老王刚才的庆幸一下子就破灭了。

小面包车的司机是一位白发健硕的老头。老头开车，一路吐痰，让人胃酸冲喉。车一会儿熄火，一会儿启动，如同小马拉大车一样费劲，让人提心吊胆。

车子在马路上时驰时缓。老王坐在副驾驶座位上，一声不吭。老头终于沉不住寂寞，问老王道："你去哪里？"

老王说："去常熟。"

老头说："出门在外，不要说什么，平平安安回到家里是最好的。刚才那车要是在路上碰了，把你们碰伤了什么的，那不知有多麻烦。"

老王心想：这乌鸦嘴，话虽这么说，我坐你这破车，如快要散架的一样，心都吊到喉咙口上了，还跟我谈什么平安？坐你的车不知有多少风险呢。

于是，老王没有正面回答，说："还有多长时间到达加油站？"

老头说："早呢。还有20来公里，半个小时左右呢。"

老王惊道："怎么那么远？"

老头说："车停在沪宁高速服务区。"

老王没办法，一路祈祷：这破车不要散架，不要刹车失灵，不要侧翻车撞。

老王忐忑不安40多分钟，车终于到了一个叫"铁心桥"的环城高速服务区。老王等人走出小车，终于长长地舒了一口气。一位去常州的同志想去方便一下，却被那老头叫住，不让离开，说："你走了，找不到你，我怎么办？"

和老王同乘此车想回常熟的那年轻人说："我们都是有素质的人，你放心好了。"

老头说："不行，少了人，我向谁去收钱。"

无奈，去那常州的人憋着尿就这样等着。

一会儿，老头与车站上的"黄牛"交接，收了60元路费才离去。

老王问车站"黄牛"："车呢？"

车站"黄牛"说:"快了。"

果真,不消多时,一辆从庐江到常熟的长途车来到了服务区。车站"黄牛"问老王收了100元钱说:"再给我20元。"

老王说:"不是说好100元的吗?"

车站"黄牛"说:"给个小车费。"

老王想,在铁心桥,决不能心软。于是,铁心地说:"不行!"一边伸手去拿刚给车站"黄牛"的那100元钱。

车站"黄牛"忙说:"好了,好了。算了,快上车吧。"

老王心头一乐:嘿,这铁心桥上耍铁心,还真管用。折腾了近2个小时,老王就这样坐上了庐江到常熟的长途汽车。

老王一路上又想:这黑车与"黄牛",真是一条龙服务啊!一路服务很到位,但也蛮"倒胃"的!

好事错办

老王与老婆驱车去喝喜酒。遇红灯,车停。这时,一辆轿车停靠在老王的左侧边道上,一位年轻司机打开车窗玻璃,问老王道:"你好,问一下,204国道怎么走?"

老王不假思索地说:"前面红绿灯左拐。"年轻司机与坐在副驾驶座位上的年轻女士连声道谢。

绿灯点亮,老王驱车前行,又停在红绿灯道口。这时,老王才感觉到刚才指错了路,应该还有一个红绿灯转弯才是往204国道。

老王忙向左侧观望,见一辆轿车也开着车窗玻璃,以为就是刚才问讯的车。于是,老王用手比画着,说道:"再往前一个红绿灯才是往204国道。"

说话的同时，又是绿灯点亮，车继续前行。

那司机和副驾驶座位上的女士看看老王说："你认错人了吧？"这时，老王才发现，问讯的人确实不是这辆车上的人。

老王从后视镜中发现，那问讯的司机将车已停在后面的红绿灯口的左侧转弯车道上，继而向左转弯而去。

老王叹息，本来一件小的不可再小的好事，却因为自己的粗心，误导了问讯的司机，办成了一件难以弥补的错事。一个下午，老王就想着这件事，饭酒不香，心里一直在想，对不起那两位问讯的人。心中真希望那两位素不相识的年轻人能骂自己几句。因为，做错了事挨骂，心里反而会感觉舒服一些。可老王无法听到骂声。因此，老王只能用无奈的遥感来向他俩道歉，希望他俩别把自己看成坏人，也希望他俩因老王之误导，坏事变成好事，从今而后，一路好事连连，一生平安！

与此同时，老王也请求原谅，连续多时的反思不安就算对老王做错事的惩罚吧。

餐巾纸

一日，老王与朋友晚餐。席间，朋友说起某人年轻命短，一病归西，直慨叹人生之无常。

老王笑道："人生本来就是如此，有短有长，没什么可大惊小怪的。"

朋友说："虽是这么说，但不免慨叹。"

这时，老王随手拿起桌上的一张餐巾纸，说道："人生就如我手中的餐巾纸。"

朋友不解地问道："为什么？"

老王用餐巾纸擦了一下嘴巴，就往边上的垃圾桶里一丢，笑道："你看，这餐巾纸，不是擦一下鼻涕，就是擦一下嘴巴，用一次就甩掉了，再也没有用了。人生不也是如此吗？"

买茶叶

老王带朋友去兴福寺登后山。路口有一位妇女在卖茶叶。朋友上前看了一下。那位妇女说："你买茶叶吗？"

朋友笑笑说："回来再买吧。"

老王与朋友登了一段山路，天空开始飘落零星的雨滴。老王和朋友因此而折返。回到上山的路口，那位妇女又问朋友道："你买茶叶吗？"

朋友走上前去，问了价，就买了一袋。

老王见朋友买了茶叶，问道："你真的买了？"

朋友说："上山的时候，我已说过，回来的时候买。人无论什么时候，不能有戏言，说出来的，就得尽力做到。这就是做人的基本品德。"

老王心想：这道理人人都懂，但在实际行动中，往往被忽视，不加注意。好的品德要靠平时的修养，修就是平时多学习为人之道，养就是培养，养成良好的行为习惯。哎，我做到了多少呢？

朋友说："你在想什么？"

老王说："我在问自己：生活中这么简单的行为，我做到了多少？"

朋友说："光懂没有行动，等于不懂。你懂，不按道理去做，你就错；就像会做的事，你不愿意去做，等于不会做。会做的事，不按规矩去做，你就犯错。"

老王说："假如你不买那妇女的茶叶，还挑她的疵的话，那就是错上加错了？"

朋友说："你说呢？"

老王笑笑道："呵呵，我怎么问那么明白的不需要再问的问题呢？又犯糊涂了。"

晕

老王的QQ上闪动着小喇叭。老王点开一看，是一个陌生人要求加为好友。老王就随便加了她。呵呵，世界真是奇妙，一会儿陌生，一会儿竟成了好友。

几天后，老王无聊就和她闲聊，得知她是一位医生。她问老王："你做什么的？"

老王说："坐办公室的。"

她说："具体做啥的？"

老王说："文员。"

她说："管啥的？"

老王说："不管啥的。"

她说："干吗那么神秘，没诚意，问了都不说，真是晕啊。"

她说："你多大了。"

老王说："比你大10岁。"

她说："不会吧？"

老王说："那就变小一点。"

她说:"哈哈,能变吗?"

老王说:"能啊,心理年龄可大可小。"

老王又发了一个简短的小幽默给她:"有一老头,一直没做过好事,后来开始植树做好事。有一个国王路过,看到老头在大热天植树,就问他:'你这么大年龄,还植树。'老头说:'我还小呢。'国王说:'你这么大了,还说小,这是为什么?'老头说:'以前我一直没干过好事,近三年才做些好事,所以我才三岁,以前的都白活了'。"

她说:"你做好事三岁。"

老王说:"我可能还不到三岁呢。"

她说:"晕。"

一会儿,她又说:"你今天怎么想跟我说话?"

老王说:"难得的。突然看到你头像,就闲聊几句。"

她说:"你又不发我工资。"

老王说:"你不会缺吃少穿吧?"

她说:"就是缺呀。"

老王说:"那你叫老公去挣。"

她说:"晕。"

老王说:"你怎么老是晕啊?你是怎么当医生的?难道这病看不好吗?"

老王想了想,心中不时地嘀咕:闲聊犯晕,这病不会传染吧?赶紧拜拜。

青蛙王子

老王与老杨聊天。老杨绘声绘色地给老王讲了一个故事：

老杨的朋友来看老杨，老杨问朋友："你今天眼圈怎么这么红，好像昨晚没有睡好。"

朋友说："不瞒你说，昨晚倒了大霉。"

老杨说："怎么了？"

朋友说："昨晚和女朋友（情人）在公园边散步，平时我也不搭女朋友的肩，这次却搭了她的肩走了一阵；平时，我不拉她的手，这次却拉着她的手。竟然，她也干脆挽着我的臂膀散步；本来这也没什么，可偏偏冤家碰着对头。老婆平时不出来散步的，这次老婆竟然也出来散步了。"

老杨问道："被老婆看到了？"

朋友继续说道："老婆在后面，发现女朋友挽着走的人像自己的老公，就走上前来，发现是我。"

老杨追问道："后来呢？"

朋友说："你说呢？"

老杨猜着说："和你扭胸，打你耳光，骂你俩？"

朋友说："没有。"

老杨说："那怎么样呢？"

朋友说："老婆笑笑，和我打招呼说：'你好啊，你们在散步啊。'说完，就若无其事地向前走。女朋友不认识她，却笑笑对我老婆说：'你也在散步呀'。你说，那时我是啥滋味。"

朋友停顿了一下，又说："那时，我比吃了洗碗水都难受。"

老杨说："哈哈。你老婆真是大度，真是给你面子。"

朋友说："大度？给面子？你看我的眼圈，昨晚吵了一晚。哎！"

老杨说："那不见得哆你呢。你老婆已经给足你面子了。"

朋友说："我现在才明白了一句话。"

老杨说："什么话？"

朋友说："若想人不知，除非己莫为。你安排自己不该的笑，上帝也会安排你不该的跳。"

老杨说："呵呵，你说得是。"

老杨讲完这个故事，老王问道："后来呢？"

老杨说："后来一个多星期，那朋友没太平过。再后来，我也没问了。"

老王说："看来找情人的人都是不怕跳的人。"

老杨说："不会吧。只是想不到会跳吧。"

老王说："呵呵，原来找情人的人都是青蛙王子。"

老杨不解地问道："为什么？"

老王笑笑道："他们不怕跳啊！"

中华烟

一个老板请大老王帮忙，并宴请大老王等几个朋友。宴请结束，有一个十分了解老板的朋友对大老王说："这老板平时都抽软中华香烟，今天怎么拿硬中华烟来招待（软盒中华烟比硬盒中华烟高档）？"

大老王说："这种人不管是否有钱，是不值得交往的。"

朋友说："那你要不要帮他呢？"

大老王说:"香烟好的自己抽,好事也让他自己做,那他自己拉的屎也让他自己去处理吧。"

老王听了大老王的故事,感慨道:"细节表现性格,细节也真是影响成败。"

送 礼

老王与朋友在就餐时聊天。朋友谈及节日送礼时说:"现在有实权的领导,送礼者络绎不绝。"

老王说:"怎么了?"

朋友说:"就说中秋节,某些领导的家里,月饼都来不及消化,喂狗都来不及处理。可谓是窑门里推出柴来。"

老王说:"你怎么知道的?"

朋友说:"我们小区,有一个扫地阿姨。有一天,有一个送礼的人来到某领导家。那领导不在,领导夫人开门迎客。送礼的人送上一盒包装十分精致的月饼,报了姓名就走了。领导夫人顺手就将月饼递给正在扫地的阿姨。阿姨不好意思地说:'人家送你的,不用了。'领导夫人说:'家里一大堆,都吃不完,就算你帮我解决问题吧。'阿姨不好推辞,连声道谢。回到家里,阿姨发现月饼盒里装有2800元现金,惊呆了。阿姨决定把月饼退还给人家。可是,阿姨很快又改变了决定。"

老王说:"怎么了?"

朋友说:"阿姨不放心,和家人商量。家人对她说:'不能还。还了反而不好。'阿姨不明白,说:'为什么?'家人说:'第一:领导家里不缺这个钱;第二:你还她家,她家反而不高兴,因为你知道了她家有人送钱的秘密。不还,她家下辈子都不会想到里面装着钱。'阿姨说:'那这钱我该怎么办呢?'家人说:'白捡了呀。'阿姨心里挣扎多时,最后说:'我不要这不明不白的钱。干脆我把这钱捐了踏实。'家人说:'那也好,省得你心里不好受。'阿姨又说:'那送礼的人不就白送了?'家人说:'送礼的人本来不怀好意,就让他白送吧'。"

老王听后笑道:"领导没扫地阿姨有文化、有知识吧?"

朋友说:"那当然。"

老王说:"看似不正确的话,有时也正确。"

朋友说:"怎么说?"

老王说:"这不是知识越多越反动吗?"

灵璧石

前些天,朋友问老王是否有朋友熟识灵璧石。老王打电话老钱。老钱说可以帮助挑选。于是,老王、老钱和朋友一起来到虞山脚下的一家专营小店。

小店外,置放在路边的一块灵璧石,高约三四米,重七八吨。店主向朋友介绍,并以6万元推荐购买。老钱认为:这块灵璧石比较结实,没有通、透、瘦等特点,价格偏高。

近年来,朋友经营的企业发生了许多烦心的事,虽然最终都化险为夷,但毕竟是费心、费神、费财。朋友为了压压"邪",同意以十万元订购那块室外高大的灵璧石和另外挑选的三块长约不到1米,高在0.5~0.8米,用于室内装饰的小型灵璧石。

几天后,老钱来电,说:"选石头的第二天,出了一件大事。"

老王不明白，问道："出了什么大事？"

老钱说："那块路边的灵璧石上撞上了一辆商务车，旁边翻了一辆摩托车，石头旁边还有一摊血。"

老王又问道："你是怎么知道的？"

老钱说："正好邻居提起那个事故的事。"

老王说："那是否有点不吉利？"

老钱说："人家说，那块灵璧石，阳气不足，阴气太盛。"

老王说："那阴盛阳衰，肯定不吉利。"

后来，朋友从老钱那里知道了此事，怀着宁信其有的心态，取消了购买巨型灵璧石的念头。

老王对朋友说："看来，你与此石无缘。"

朋友说："无缘。"

老王笑笑说："不管你信与不信，原来，灵璧石也有失灵的时候。"

傻　瓜

晚饭后，老王与老婆一起散步。路边有两个人在争吵，四周围了一堆人。

老婆说："去看看，他们在争吵什么？"

老王说："别去看，两个傻瓜有什么好看的。"

老婆说："你怎么知道他们是傻瓜，难道你认识他们？"

老王说："不认识，但我知道他们在争什么。"

老婆说："你没去看，怎么知道他们在争什么，难道你成仙了不成？"

老王说:"他们在争谁生的气大,在争痛苦,在争烦恼,不是实实足足的傻瓜是什么?"

老婆说:"什么呀?"

老王说:"你想,他们摒弃了快乐,却去争痛苦,争烦恼,争谁的气生得大,难道这不是实足的傻瓜吗?"

老婆笑笑说:"去你的。没正经的。"

老王也笑笑说:"散步也一本正经的,岂不也变成了傻瓜了?"

老婆用手指戳了一下老王的背,笑着说:"去你的。你也是傻瓜。"

老王依然笑道:"我俩都是大傻瓜,快乐的大傻瓜。"

老婆说:"你才是,我才不是呢。"

老王说:"我们都是。"

老婆说:"为什么?"

老王说:"他们争的是烦恼和痛苦,我们争的是快乐和幸福。世界上的人都是傻瓜。不过,傻瓜分两种:一种是痛苦烦恼的傻瓜;一种是快乐幸福的傻瓜。"

老婆乐着说:"那快乐的傻瓜一起去看看痛苦烦恼的傻瓜。"

老王看看老婆,笑着说:"不去。"

老婆说:"为什么?"

老王说:"我不想沾痛苦和烦恼的边。"

老婆佯装生气的样子说:"你到底去不去?"

老王坚决地说:"不去,坚决不去!"

老婆故意不乐地说:"那我要生气了。"

老王说:"你要变痛苦和烦恼的傻瓜,那你就去吧,与他们为伍。"

老婆卸下故意的不乐,笑笑,低声说道:"不去了。还是和老公在一起争快乐,争幸福,做快乐和幸福的傻瓜好。"老婆边说边走,把手伸到了老王的臂弯。

老王说:"干什么?这个样子,散步太缠身了。"

老婆笑着,故意将头向老王肩靠了一下。老王高兴地说:"你今天和我争到快乐和幸福了?"

老婆笑着说:"嗯,争到快乐和幸福了,难道你没有体会到吗?"

老王说:"其实,快乐和幸福很简单。"

老婆问道:"怎么简单?"

老王说:"远离痛苦和烦恼,剩下的就是快乐和幸福了。"

老婆又笑笑说:"废话!"

老王看了老婆一眼,说:"有的时候,幸福和快乐就是一堆废话。"

摘黄瓜

老王准备在院子里摘黄瓜。小孩突然走到老王跟前说:"不能摘。"

老王问道:"为什么?"

小孩说:"不成熟。"

老王笑笑,听了小孩的话,没有摘黄瓜。

过了几天,老王又准备摘黄瓜。小孩又突然走到老王跟前说:"不能摘。"

老王又问道:"为什么?"

小孩说:"还没成熟。"

老王说:"怎么会呢?这黄瓜早就成熟了呀,再不摘要老掉了啊。"

小孩说:"这黄瓜还青着呢,肯定没成熟。"

老王想了想,明白了小孩的道理。

这时,老王突然从"爪哇国"回来,心想:梦中的小孩也那么天真可爱!自己也发觉那么可爱起来。

误 会

傍晚,一位女士在人行道上散步。一条宠物狗经过,突然间朝女士的手上咬了一口。女士惊呼。宠物狗的主人急忙带女士去打狂犬病疫苗。女士气愤地说:"为什么你的狗无缘无故地咬人?这样的狗怎么能放出来呢?"

狗主人说:"不好意思。狗也不是无缘无故地咬你的。"

女士更加气愤地说:"难道我欺负它不成?"

狗主人说:"你不要生气。狗经过你身边的时候,你手前后甩动,狗以为你在赶它,就咬你了。"

女士说:"那狗是误会了?"

狗主人说:"是的。"

女士说:"那我也错怪了你?"

狗主人说:"是的。"

女士说:"那这是我的错了?"

狗主人说:"不是。"

女士说:"那到底是谁的错了?"

狗主人说:"狗错。狗误咬了你。但这也说明了你是好人。"

女士说:"这有什么关系?莫名其妙!"

狗主人说:"俗话说:狗咬吕洞宾,不识好人心。狗就是对好心的人不太识。"

女士说:"那你有没有被狗咬过?"

狗主人说:"没有。"

女士说:"那你也不是个好东西!"

老王闻之,心想:狗也咬出了不同的人心来了。

飞 饥

老王欲从北京回常熟。一大早,老王通过航空售票服务公司购票。可能是暑假和上海世博会的缘故,当日去上海虹桥、上海浦东、无锡、常州已空无一票。老王只得购买去南京的票折返。

中午,老王乘上了××1583次航班的飞机。飞机准点起飞。老王坐在飞机上,一会儿竟迷迷糊糊地睡着了。

老王醒来时,发现自己没有拿到分发的点心。就问倒饮料服务的"空弟"说:"有没有米饭?"

"空弟"说:"没有米饭。"

老王见分发的不是米饭,是面包之类的点心,便又问:"那点心有没有了?"

"空弟"说:"先生,对不起,人满,没有多余的。"

老王说:"我没有拿到过啊。"

"空弟"说:"待会儿,我帮你看一下。"可这一看,竟不知道看到了哪片云层里去了。

空姐经过,老王问道:"刚才我睡着了,没拿到点心,有没有点心了?"

空姐说:"睡着了?好的。"可这"好的"也不知道好到哪片云层里去了。竟然到下飞机也没人来搭理。

老王心想:原来这家航空公司是心目中最信赖的公司。可这一下子,在我心目中,很快就变成了最不信赖的公司。这观念的转变,竟如此轻易改变。

老王再想想:曾经也看到飞机上,客人睡着了,空中服务员记下了座位号,等到客人醒来时就主动前去补发点心。想想,今天连问两人都无终答,也许在空服中是绝无仅有的事了。

老王又想想。不禁高兴起来:我享受的是特殊待遇,享受的是顶级的"飞饥"航空服务!

中秋节

朋友从 QQ 上发话,说她的老板很抠门。

老王说:"怎么了?"

朋友说:"中秋节什么也不发,买了一大堆月饼竟然全是送给客户的。"

老王说:"这有什么,老板不发,你发啊。"

朋友说:"我发什么呀?"

老王送上一个笑脸,说:"发火啊!"

门　缝

老王听朋友们在谈论当今的社会现象。朋友说:"当今社会腐败严重,政府管控不力,机制不健全,天高皇帝远……"

老王问朋友:"是不是你们对当今社会很不满?"

朋友们说:"当然不满。"

老王说:"那你觉得改革开放30年,社会进步了,还是倒退了?老百姓的日子好过了,还是不好过了?"

朋友们说:"当然进步了。老百姓的日子当然好过多了。"

老王又问道:"那你们自己身上有没有缺点?"

朋友们都说:"人无完人,不可能十全十美的,当然有缺点的。"

老王说:"那社会不是跟人一样吗?不可能十全十美,不可能没有缺陷。"

朋友们说:"说是这么说,但有些事情太不像话了。"

老王说:"社会就是这样存在的。就像一扇门,只要不是千疮百孔,有一点缝和小孔也是正常的,也总归有那么一缕风会钻的。这就是:没有好,也谈不上坏;没有坏,也谈不上好。"

朋友们说:"听你这么一说,一切都是正常的了。"

老王笑笑说:"人永远存在于矛盾之中,不公平中,好坏的空间中,这才是真正的现实生活。"

朋友们说:"难怪你心态那么好。"

老王笑道:"心态其实也是用想法来平衡的。好心态看世界,你会发现世界都是美好的。"

朋友们说:"好!向你学习。好心态看世界。"

老王笑之:"呵呵。"

苹 果

老王在机场餐厅用餐。这时,旁边来了一对青年男女。男士对女士说:"你点几个菜吧。"

女士说:"你点吧,我什么都能吃。"

男士说:"这么好养啊。"

女士说:"呵呵。我不挑食。要是你碰到了我的大姐,那就不一样了。"

男士说:"怎么不一样?"

女士说:"我大姐很挑食。而且不吃别人的口水。"

男士说:"不吃别人的口水是什么意思?"

女士说:"就是不吃别人吃过的东西。小时候,我和大姐住在老家屋里的东厢房,母亲住在西厢房。大姐想吃苹果,让我去母亲那儿拿。大懒差小懒,小懒很无奈。我拗不过大姐,只得去母亲房间拿苹果。我拿了一只最小的,又拿了一只最大的。我知道大姐不吃别人吃过的东西,在最大的苹果上咬了一小口。大姐见了,宁愿舍弃大苹果,拿最小的苹果。"

老王看着那位女士眉飞色舞,说得一脸幸福。老王心中不觉感慨:"人生中有些微不足道的小事,真是也能让人幸福回味。"

半夜饭

老王的朋友在溧阳工作。朋友汽车驾照拿到了好多年，但一直没有买车。最近，朋友才买了辆新车，特别兴奋。

一天中午，朋友打电话到太仓家里，对其父母说，自己开车回家吃夜饭。

溧阳到太仓两百多公里。朋友第一次开长途，不放心自己，便叫了一位同事一路陪着他说说话。

朋友兴高采烈的一路奔驰。车子开到了无锡，朋友突然说："不行了，不行了，头有点痛。"于是，朋友将车拐进市区，开了一个钟点房，两人呼呼大睡。

朋友醒来后，又继续上路。没多久，车开到了昆山。朋友突然又说："不行了，不行了，头有点发胀，休息休息再走。"于是，两人又拐进市区，找了一家足疗店，又按摩，又足疗。

两人休息好以后，又开始上路。回到太仓，已是半夜十二点。朋友母亲说："你说回来吃晚饭的，怎么到了半夜才回？"

朋友不好意思地说："我没说清楚，是回来吃半夜饭。"

老王闻之，乐之，羡之。心想：世上有几个人能如此这样享受开车啊！

锯　树

老王和朋友聊天。

朋友聊起好心人做好事的不易。老王不明白,问道:"怎么不容易?"

朋友讲了一件事,说:"我所在的一个小区,有一户人家,由于这户人家围墙外的绿化树木太浓密,遮挡视线,转角处经常有车辆发生碰撞摩擦,多次反映物业,就是没人来修剪。有一天,又有两辆车相擦。这家主人想,这样下去,这浓密的树木害人不浅,于是,傍晚时分,拿来锯子,把浓密的树木锯整了一下,拓展了转角前后左右的视线。"

老王说:"这不是挺好的事吗?"

朋友说:"挺好的事?应该是挺倒霉的事。"

老王不解问道:"为什么?"

朋友说:"这样的好事不要他做。"

老王更不明白,继续问道:"为什么?"

朋友说:"破坏公共绿化,有人举报,这家主人被派出所带走了。"

老王叹道:"哎,原来是这样啊,真是好事多磨了。"

叹息之余,老王也终于明白了一个道理:原来,好事,耗自也!

增资扩股

老王老婆做了十年多的全职太太，现在孩子大了，想出去找个工作。老王不乐意，问老婆："我们家是否还没有脱贫，穷得等米下锅？"

老婆说："穷倒是不穷。但我去工作也好为家里多赚一点钱，也没有什么坏处。"

老王说："怎么无坏处，坏处多着呢。"

老婆不解，问道："为什么？"

老王说："我家现在不会缺吃少穿吧？"

老婆说："当然不会。"

老王说："那既然不是缺吃少穿，你去工作，钱可能多一点，但家里却缺少了照顾。企业发展要增资扩股，家庭怎能增资缩'顾'呢？"

老婆说："什么增资缩'顾'？"

老王说："家里没人照顾，光多赚钱有什么用，岂不是成了增资缩'顾'？"

老婆说："亏你想得出。"

老王说："还有坏处呢。"

老婆问："还有什么坏处？"

老王说："你去参加工作，挤掉了一个业岗位。"

老婆说："就业岗位多的是，挤掉一个岗位碍什么事。"

老王说："社会上还有许多困难户，都在寻找就业岗位，你占了一个，人家就少了一个，这个道理再简单不过了。"

老婆说："那我不去工作还为社会做贡献呢。"

老王笑笑说："这话就对了，你不仅为家庭做了贡献，也为社会做了贡献，何乐而不为呢？"

一只猪腿

早上，老王老婆对老王说："邻居某某拿来一只鲜猪腿。"老王不明白，说："稀奇事了，怎么有人家会想到送猪腿给我家？"

老婆说："前些天，估计是你帮她们买了几件床上用品的缘故吧。"

老王说："那是我们公司自产的产品，我也是按公司规定打的折扣，这些事我早不在心上了。"

老婆说："那现在你看怎么办？"

老王说："你知道，我是不爱随便拿人家东西的。况且，举手之劳的事情，根本不足为题的。你赶紧去还给人家。"

老婆答应一声就去了。

一会儿，老婆回家，说："没还掉。她们死活都不让我还，怎么办？"

老王想了想，说："她们一片诚意，我们只得用另外的方式加倍还给她们了。"

老王再想想：再小的帮助她们都能记得，感恩于心。世界上还是最最基层的农民最朴实，也最能让人感动啊！

怀 旧

前段时间，一位担任公司总经理助理的老王同事辞职回老家自己创业去了。

圣诞节，同事从老家飞过来参加公司另一位同事的婚礼。同事来得早，就和我手拉着手，来到农村田头玩耍。我们俩不走干净光滑的田埂，就奔走在一脚水、一脚泥的浅水中，嬉戏取乐。

老王对同事说："我们这样奔走，就像回到了小时候，这无拘无束的玩耍，真是太幸福了。"

同事回答说："是啊。我离开公司不久，就有点怀旧了。现在想想，和你们在一起的日子，每天相见，一起吃饭，一起散步，真是太幸福了。"

老王说："就是啊。以后不管你自己创业成功与否，总归会遇到这样那样的困难。那时，你就会想起和我们在一起的时候没有太大压力的生活，你油然会怀旧出一种从前的幸福来。"

同事叹道："别说以后，现在已有了这样的感觉。"

突然，同事指着水中说："你看！"老王一惊，睁开了双眼，发现原来是南柯一梦。

老王细细回味，感叹自己进入了怀旧的梦境。

般 配

电脑上，突然闪烁着小喇叭。

老王打开小喇叭，是对方要求加入 QQ 好友的。于是，老王就加了她。

老王问她："你是？"

她说："因为不认识才加你的。"

老王说："嗯。你做什么的？"

她说："什么也不做，在家看孩子。"

老王说："噢，太幸福了，全职太太。"

她说："呵呵。"

老王说："你老公一定很优秀，因为，只有优秀的老公才会把夫人养在家中的。"

她说："你的夫人有没有养在家里啊？"

老王说："半养半不养。"

她说："什么叫半养半不养？"

老王说："有时去工作，有时不去。"

她说："那说明你是不好也不坏的男人？"

老王说："一般的男人。"

她说："哈哈。"

老王说："人不一定要太优秀的。"

她说："为什么？"

老王说："太优秀的人，往往容易犯错。诱惑太多。"

她说:"你被诱惑过吗?"

老王说:"我是一般的男人,没有被诱惑的机会。平淡生活,平淡工作。"

她说:"也很好啊。"

老王说:"是啊。我并没有说这样不好啊。做一般的男人,其实真的挺好。"

她说:"怎么样才算一般?什么样又算不一般?"

老王说:"没有太多诱惑机会,又有稳定的收入。"

她说:"哦。"

老王说:"所以找老婆也要找一般的女孩。"

她说:"为什么?"

老王说:"什么是最好的婚姻?"

她说:"你说呢?"

老王发上一个笑脸,说:"般配啊。"

上　当

老王接到一个陌生人的电话。陌生人想请老王帮个忙。老王问道:"我不认识你,你要我帮什么忙?"

陌生人说:"听说你人脉关系好,想请你帮忙解决我儿子上学的问题。"

老王说:"这恐怕帮不上你什么忙。"

陌生人说:"没关系,我在虞城大酒店订了餐,我们见面聊吧,就算向你咨询一下。"

老王想:"平生多做点好事也不错,见了面再说吧。"

于是，老王如时赴约。

陌生人点了一大堆菜。陌生人吃得津津有味。老王看到陌生人拿起一只龙虾，顺手一拉，虾壳全部脱落。又左手捏紧虾头又是一拉，虾中间的肠子如黑乎乎的蚯蚓一样被拉出来，使人恶心。老王根本无法动筷子。

陌生人边吃边讲。老王只是观听。

陌生人喝饱吃足，打了个嗝，说去一下洗手间。老王默言，由他而去。

老王坐在餐桌旁，等啊等，不见陌生人过来。老王顿觉上当，一个激灵，从睡梦中醒来。

老王搓搓惺忪的脸，心想：梦中之境，究竟是何意？是让我谨防上当受骗吗？

老王再想想：当今社会，确实陷阱很多，上当受骗也在所难免，但愿不上大当，少上小当。

老王想到这里，想想梦中也被人欺骗，实在可悲。

老王继而又想，也许明天会梦到自己升官发大财，那岂不又要为之狂喜呢？想到这里，老王又觉得泰然起来，心想：何必为这不着边际的梦中情境而喜怒哀乐呢？

竹和藤

老王天天做梦，每天的梦都不一样，离奇而又耐人寻味。这不，昨晚的梦，又让老王费神。

梦中，老王梦到两根高耸的竹子，竹子上两根藤蔓向上缠绕，伸出竹顶，顶上各开了一朵鲜艳的小红花。

梦醒，老王百思不得其解，却难以忘怀。

梦中的情境对于老王来说一切都是未解之谜。

老王想：想想这些梦多好，何不把它作为现实世界里没有的一种享受呢？享受梦境，享受梦想，这不也是一种快乐吗？

狮虎豹羊

老王与公司的员工一起参加集体旅游。

老王和同事们一起来到一条河边的四个船舫。同事们都坐在船舫的临水木条上，双脚垂在水中嬉戏玩耍。老王则坐在船上，身边一起的却是小时候的玩伴。老王伸手，做出一个钓鱼的动作，慨叹地说："小时候，我们经常这样坐在船舫里钓鱼，可现在都成了美好的回忆。"

老王抬起头，看到岸边有一幢古老的建筑，建筑后面远处的是现代化的高楼。古建筑的左边有一棵参天大树，树上出现了一头狮，继而又出现了一只虎、豹和山羊。它们彼此和睦相处。老王赶紧拿出简易的数码相机拍摄。

一会儿，同事们叫老王吃饭。这时，树上的动物也躲而不见了。

老王来到餐厅，同事们已吃得差不多了。同事们为老王留下了一盆黄黄的蛋饼，另外煮了一大碗白菜肉丝汤。老王吃着吃着，就吃醒了过来。

老王安静下来，想想：是不是自己又怀旧了？

老王想，梦中的动物们都和睦相处，是不是在说，枉为聪明的人类，却并不懂得彼此之间互敬、互爱？

老王再想想，觉得也不对啊，狮、虎、豹都是大型食肉动物，它们和山羊一起和睦相处，吃什么来果腹呢？

老王又想，醒是在阳间，睡梦是在阴间，阴阳交替就是靠睡眠来衔接的。可能阳世的动物吃东西，阴间的动物都是灵魂的化身，是不吃东西的。

老王沉思了一会儿，却又感觉不对，为什么自己梦中还吃东西呢？

老王难解其意，自语道："还是留到百年以后去探究吧，探究那永远的梦。"

艳　福

春节即将来临。

老王与朋友聊起网络的事情，朋友讲了这么一个故事：

去年大年三十，朋友一个人在北京无聊，上网聊到了一个异性网友，聊得十分投缘、热络。

朋友对网友说："你无聊的话，可以过来见面聊聊。"

网友真的来到朋友住处，把朋友刚买的一千多元油、盐、酱、醋、鸡、鸭、鱼、肉等过节物资全部拎在手中，说："到我家去吃。你一个大老爷们还要自己烧饭煮菜，做家务，怪无聊的。"

于是，朋友跟着网友来到她家。网友向自己父母介绍说："这是我的男朋友。"

她父母一听是女儿的男朋友，十分高兴，用出百分之百的热情招待这个网络快婿。

朋友见之招式，却是心头一惊。

第二天，网友继续邀朋友去她家。朋友不敢前往。因为，朋友明白,网友是离婚后的单身,还带着一个七八岁的小男孩,自己并不想成她的另一半。

于是,朋友左推右推,不管网友一个劲地为朋友送饼干,可朋友还是宁愿一个人在春节里啃方便面。

老王闻之,笑道:"你真是艳福不小啊!"

朋友嬉笑道:"哪有什么艳福,连我本有的口福都没有了。"

老王说道:"人家看上你了,不是艳福,那是什么啊?"

朋友说:"人家看上我,那不代表我看上她啊。"

老王说:"看不上她,那你去她家干吗呀?"

朋友说:"我只是想聊聊天,打发打发无聊啊,没想到她那么认真。"

老王说:"人家可能也是想聊聊天啊,那是你想得太多了吧,自作多情。"

朋友说:"噢,也许吧。那我只能自认倒霉了。"

老王嬉笑道:"你啊,思想不纯,放弃了'乐口福'换艳福,结果成了'蔫'福。这是不是活该啊?"

先　进

小年夜。老王与老婆散步回来,在父母的厢房坐了一会儿。离开时,老婆走前,老王走后。老王故意不把厢门拉上,叫老婆回过头来去关门。老婆不愿,老王却坚决要老婆回去关门。老婆不解,带着疑惑回去关了门。这时,老王迅速打开自己家的大门,走了进去。老婆说:"你这么急着进门干什么呢?"

老王笑笑说:"我要做先进。"

老婆大笑："这也叫先进，那我愿意落后了。"

老王依然笑笑说："我自觉工作蛮努力，可年年得不到先进，希望来年有所改变呢。"

老婆乐哈哈地笑道："你得了先进，你们企业一定飞黄腾达了。"

老王说："是吗？"

老婆说："当然了。你蛮努力的人都得不到先进，企业已发展得相当不错了。你得了先进，证明你比以往更努力，像你这样的人一多，企业不飞黄腾达，不就怪了吗？"

老王想想，老婆说得也对。

老王再想想，又有点不对。不是先进，意味着就是落后，有句话说得好：落后就要挨打。哎呀，我怎么没想到这么大的后果呢？

风调雨顺

晚饭后，老王和父母闲聊。老王妹妹对母亲说："你七十几岁的人了，你篾头（编织竹篮子）可以不做了。你一年做个千把块钱，弄得屋里脏兮兮的不算，做得腰弯、背酸有什么意义呢？"

父亲插话说："就是。一年做到头，做出个什么毛病来，赚来的钱在医院花十天都不够，她就是不听。"

母亲对父亲说："你看你自己，一年到头不做，还嗤通嗤通（感冒鼻子发出的声音）不停。"

母亲说这话，意思是你不做，身体也好不到哪里去。

父亲却说："这不是身体不好，这叫风调雨顺。"

老王不解，问父亲："为什么叫风调雨顺？"

父亲说："赤脚医生说的，天气有阴天、晴天、雨天、雪天等等；人也是如此，也有阴、晴、雨、雪，没什么大不了，这就是风调雨顺的现象。"

老王笑笑说："风调雨顺，鼻涕喷喷。难怪现在还流行的呢。也难怪父亲不吃药呢。"

妹妹插话说："这与吃药不吃药有什么关系？"

老王依然笑笑说："你想，风调雨顺多好，吃药不成了傻瓜了吗？"

剩　菜

老王与朋友们吃饭。朋友们点了许多菜，吃不掉，结果剩下了很多。朋友对老王说："多吃点，浪费了可惜。"

老王说："浪费是可惜，所以要尽量少点一点。"

朋友说："点已点了，还是多吃点吧。"

老王说："以前可以，现在不行。"

朋友问道："为什么？"

老王说："以前不懂，瞧一桌子菜，浪费了可惜，就放开肚子拼命吃，结果把身体养胖了，对身体不利；现在不能这样了，浪费只能浪费了。"

朋友说："倒掉多可惜，还是吃点吧。"

老王说："还是倒掉好。"

朋友说："可惜了。"

老王说："吃多了更可惜。"

朋友又问道："为什么？"

老王说："你想，这些本来倒垃圾桶里的，为什么要倒自己肚子里呢？把自己的肚子当垃圾桶呢？长期下去，撑坏了身体，不是更可惜了吗？"

财　富

1979 年，对越自卫反击战战斗英雄老马与老王成了莫逆之交。春节期间，老马来看望老王。

老马现在一个自创的书画院当院长。老马说要给老王一点精品的东西。老王连忙拒绝，说道："不要，不要。"

老马说："我和你交的是知心知底的朋友。"

老王说："是的，但也不能要你的东西啊。"

老马说："我画院东西比较多，财富并非自己占有是好事，赠予知心的朋友不无好处。"

老王不解，问道："为什么？"

老马说："财富生不带来，死不带去。留给知心的朋友，朋友看到我留给他的东西，就会想起我，有时还会讲起与我的故事和友谊；即使我不在了，只要东西在，睹物思人，朋友还会不时由生怀念呢。"

老王说："嗯。那你何不留给你的后人呢？"

老马说："后人自然也有，但并非都留给他们是好事。"

老王问道："为什么？"

老马说："我告诉你，什么东西是自己的：吃到你肚子里的东西是自己的，但还要等一个小时，因为喝多了吐出来的也不是自己的；穿在你身上的东西是你自己的。如果将来老婆都合不到一个坟头，连老婆都不能说是自己的。"

老王又问道:"为什么?"

老马说:"假如自己不在了,老婆改嫁了,孩子都不知道叫谁爹了。财富,留之何用?"

老王闻之,不觉又领悟了一道新的财富观。

竹　子

有一户人家,来了一位客人。客人看到主人园子里有一丛竹子,便对主人说:"竹子不应该种在青龙头上,这样不吉利,会使家道不顺。"

主人听后说:"难怪这段时间家里事情特多,原来是这样。那青龙头是什么意思?该种在什么地方?"

客人说:"青龙头就是屋的前面。应该种在屋后面。"

主人说:"屋后无处可种。算了,砍掉掘掉拉倒。"

饭后,老王在公司里散步,看到公司前面的竹子,突然想到了上面的故事。老王边走边想:这竹子也算幸运。但故事里的竹子就不一样,倒霉透顶。

老王想:有的时候,人的命运也如故事中的竹子,本来好好的,被一个毫不相干的人套上了一个莫须有的罪名,就偃旗息鼓,死于非命了。

老王再想想:人与万物一样,一切都生存在危险当中。有句话说得好:今天脱下的鞋,明天不知是否还能穿上。这正是靠每个人的命运和福气了。

老王再看看公司里的竹子,自语道:"希望自己也能默默地如现在这里的竹子一样茂盛、幸运,不遭莫名罪责,尽情享受阳光、空气和水的滋养。"

交通事故

　　早上，老王老婆骑电瓶车去娘家。大马路上，一辆轿车从支路冲向大路，撞上了老王老婆正在正常行驶中的电瓶车。电瓶车坏了，甩到了路中间；人跌倒在地。司机是一个不知什么公司的老板，因心有急事，车速过快，说未看到老王老婆。

　　事故发生后，报120。救护车把老王老婆送到第二人民医院急诊。万幸的是，老王老婆仅左侧头上稍有肿胀；左肩左臀部有点酸痛之皮肉伤外，无甚大碍。

　　这次事故，幸亏老王老婆循规蹈矩地戴了头盔，否则后果不堪设想。老王想：戴头盔，还真不亏。

　　老王再想想，不觉感慨：做人与做事一样，还是循规蹈矩好。

橱窗人

　　最近，朋友与老王喝酒聊天，谈起一位机关里曾做小头目的另一位朋友时说："这位机关朋友，特别爱面子。中午，他几乎不到机关食堂吃饭。然而，下午上班的时候，常见到他酒气冲天，并经常说请他吃饭的人太多了。机关里的下属或同事，以为他人缘好，特别有能耐，都十分眼羡。他自己也感觉好好的，很有面子。有一天下午，机关里的同事发现他在一个较为隐蔽的地方，从裤子袋里拿出两袋十分低档的袋装黄酒，仰起脖子，一股脑地喝了下去，然后面带酒色，装模作样地走到办公室上班，呼出一口又一口的酒气，继续发表他的应酬高见。你说这累不累啊！"

老王闻之，笑道："累。关键这样的累犯不着。"

朋友说："是啊，太虚伪了。"

老王依然笑道："这说明面子太重要了啊！"老王继续说道："你知道'橱窗人'吗？"

朋友说："不知道。"

老王说："台湾著名漫画家朱德庸说，有一种人，他穿时尚的衣服是为了让别人看，他开的车也是为了让别人看，他居住的家装修也是为了让别人看，他所从事的工作也是为了让别人看，他的孩子送名校也是为了让别人看，他一切的一切都是为了展现给别人看自己的品位、成绩或格调，所思所想都是以他人眼光做唯一标准，这种人我称为'橱窗人'。"

朋友答："原来是这样。"

老王说："你说，你讲的故事里的人像不像'橱窗人'？"

吃得开

下班后，老王高高兴兴回到家，品尝老婆烧的一手好菜。老王正吃到最后两口饭时，只听见咔嚓一声，知道自己"吃响"哉，牙齿啃到了饭里的石子，在五个月之前拔掉的上盘牙边上的盘牙又裂开了。

老王捂着嘴酸溜溜的。老婆却说："不要紧的。"

老王说："要紧的是，我又为社会做贡献了。"

老婆说:"你又胡说什么了?"

老王苦笑道:"这不是,我又为医院增加了一个生意。"

老婆笑道:"你还挺高尚的呀。"

老王说:"高尚才吃得开呢。"

老婆说:"什么吃得开,吃不开的?"

老王说:"半年不到,我牙齿裂开了两次,难道还吃不开吗?"

老婆笑笑道:"吃得开,吃得开,你还硬气得很呢。"

老王说:"吃石子拌饭,难道不硬气吗?"

老王想想自己突然又"吃响",又"吃得开",蛮有意思的。

竹 柄

小叔退休后在一个垃圾中转站看门。晚上,他来看望老王父亲,老王也去凑个热闹,陪他们聊天。

小叔说,垃圾中转站也能看出社会的人性百态。老王不明白,也没有吱声。

小叔继续说:"负责运送垃圾的人,经常把放在垃圾桶边的扫帚,去掉扫尖,留下竹柄,捆回家去。我问他们,这么新的扫帚,没用几次,就弄坏多可惜啊。他们回答却说,没有用了。我不明白,继续问他们,你们拿这些扫柄有什么用啊?他们说,回家做拖把用。原来,一个拖把手柄可以换三至五元钱啊。"

老王闻之,心想:原来,损公肥私也有门道啊!

铁　铲

小叔继续和老王父亲聊天。

小叔继续说:"还有那些清洁工人,最喜欢下雪天了。"

老王不明白,下雪天不是增加清洁工人的工作量吗? 没有理由喜欢啊。

小叔说:"下雪不会有多长时间。他们铲了雪,铁铲全部可以偷回家。而上面的人,一个个的官僚,大不当心,小不管,等第二年下雪,重新申请再买,太平无事。"

老王心想:国有资产,岂不变成了"忽悠"资产了。看来垃圾中转站的"垃圾"还真不少。

紧固件

小叔和老王父亲继续聊天。

小叔说:"还有些建筑工人也是一样的货色。"

老王问:"怎么说?"

小叔继续说:"紧挨垃圾中转站有一个建筑工地,建筑工人将搭脚手架的铁铐(紧固件)向垃圾中转站掷,而垃圾中转站早有骑三轮车的人等着,捡了去卖钱。你说是建筑老板工资发得少而遭报复,还是这些工人诚心要捞钱? 只有他们才知道。"

老王闻之，慨叹人性之复杂。继而笑道："你在垃圾中转站，满眼看的都是'垃圾'啊！"

碗 盆

小叔和老王父亲讲得十分高兴。

小叔继续说他的所见所闻。他说："垃圾中转站，清洁工人经常搜寻黑垃圾袋里的东西，一个也不会放过，甚至还能搜到钱。但他们搜到最多的是碗和盆子。这些碗盆都是崭新的，整叠整叠地放在黑垃圾袋里。他们说，家里快堆不下了。这一定是饭店里的员工对老板不满意，故意损之来出气。"

老王心想：碗和盆是用来给人吃饭的，老板与员工失衡，却变成了心理天平的"砝码"了啊！

打包的剩菜

老王与朋友吃饭，朋友讲了一个故事：

一位办公室女士随老板出去吃饭。席间，这位女士打电话给自己的老公说："今天我有应酬，跟老板一起陪客人吃晚饭。家里没有菜，等一会儿打包一点菜带回去给你吃。"

应酬完后，女士回到家中，老公问她："你打包的菜呢？"

女士说："被老板拿走了。"

老公说："老板拿去有谁吃啊？"

女士说:"他给狗吃。"

老公气愤地说:"难道我不如一条狗吗!"

女士说:"你这人,为什么要和狗去比呢?"

老王听完朋友讲的故事,说道:"人真的要和狗比,有的时候,还真不如狗了。"

金鱼缸

晚上,老王与朋友们一起喝酒。有一位朋友说,有一种酒喝了嘴干,不是好酒。老王说:"什么是好酒?什么不是好酒?喝了嘴干的不是好酒,喝了头痛的不是好酒;喝了不嘴干、不头痛的,肯定是好酒。"

朋友说:"你说得对。十几年前,有一位同事,喝了不少'醉蟹'白酒。晚上,睡在宾馆里。房间里,放有一只金鱼缸,缸里养了两条金鱼。第二天退房时,服务员诧异地问我同事:'这缸里的水怎么不见了?'同事看了看缸里两条半死不活的金鱼在干瞪白眼,说:'晚上,我喝了点酒,爬上爬下,找不到水喝,自己真成了一只醉蟹,嘴巴干得实在受不了了,也要干得吐白沫了,哪管是什么水,端了就喝。呵,这水还真解渴。'"

老王闻之,笑道:"什么不是好酒?喝了酒的人变成醉蟹一只,爬上爬下找水喝,好酒也不是好酒。"

开心木匠

老王老婆对老王说:"你父亲,又去捡了很多树枝,把花坛边上的过道填得满满的,走路都不好走了。一下雨,会生虫、出蚰蜒,多脏啊。"

老王说:"别烦。让老人做自己喜欢做的事。现在堆在院子里的是一堆柴,要是你去和他烦,就会变成一堆'烦'。还是做开心木匠好。"

老婆不解,说道:"什么开心木匠?"

老王笑笑说:"保持好的心态,睁一只眼,闭一只眼啊!"

谎言无忌

老王与两位执教高中的老师闲聊。一位老师说:"现在的学生难管,各种各样的德行都有。我班里有个学生,上课迟到了,推说是老爸开车撞了人。我想,那学生家长开宝马车每天接送孩子,经常闯红灯的,也就相信了他。没想到,第二天,那学生的父亲打电话来说,昨天孩子睡过头了。你想想看,这学生忽悠到老师头上来了。"

另一位老师接话说:"我班里也有个学生,旷了一天课,说是自己的奶奶死了。这位学生前些时候向我这样请过假,可能忘了,以为只是向别的老师请过假。我问他,你奶奶不是前段时间死了吗?

怎么又死了呢?"

老王闻之,心想,谎言无忌。现在学校教育学生"德、智、体"全面发展,确实面临了一个严峻的挑战啊!

须臾,老王叹息道:"这可怜了那学生的奶奶了。"

老师问道:"为什么?"

老王说:"这学生奶奶活得累,死得也累啊!"

老师不解,继续问道:"为什么?"

老王苦笑一声,说:"你说,这学生的奶奶要死几次,一定是死去活来,死去活来,你说累不累啊!"

吃馒头

一家民营企业,跟随董事长一起打拼天下的一位副总退休后,唯一被聘继续留在公司。有一些年轻人对这样的做法甚有微词。其中有一位年轻人和老王谈起此事。老王告诉他:"这是董事长对开创者的尊重。这正如我的一位朋友所说。"

年轻人问道:"说什么?"

老王说:"一个人吃馒头,第一个馒头吃下去,感觉没什么;第二个馒头吃下去,也不觉得什么;当第三个馒头吃下去的时候,才说,吃得太饱了。"

年轻人又问道:"这与之有什么关系?"

老王说:"有啊。你想,没有第一个馒头吃下去,你能说饱吗?"

年轻人说:"你吃馒头也吃出道理来了。"

老王笑笑,继续说道:"其实,人饿的时候,第一个馒头吃下去最为舒服,作用也最大。"

信　任

朋友和老王闲聊，说："有一位民营企业老板，对一位下属特别关照。这下属的一位同事，甚觉不公，也不理解，自己兢兢业业，努力工作，不如这位既无才，又无什么工作能力的人。后来，有人告诉他，那人与老板经常一起赌博。他方才明白：做一百件好事，不如和领导做一件坏事。"

老王闻之，笑道："原来提高信任指数，还有这样的歪门。"

老王再想想，一粒老鼠屎也能坏一锅烫。歪门终究是歪门，纵然千件好事，也会被一件坏事所玷污，这样的信任指数终究是不靠谱的，还是实实在在的好。

寸争尺算丈不算

老王和朋友来到一家生态园。生态园内有饭店，周围还有几个鱼池。鱼池旁有一大批人在垂钓。

老王问池塘边的一位老汉："这里钓的鱼多少钱一公斤？"

老汉看了我们一眼，笑笑说："你认识不认识我们老板？"

老王说："不认识？认识有什么说法？"

老汉说："不认识，那鳊鲫鱼10块钱一斤，青鲲鱼12元一斤；要是你跟我们老板认识，有点关系，那可以打个折；要是你是领导打过招呼的，不要钱也可以。"

老王心想：这不是典型的寸争尺算丈不算吗？现在的老板政治经济学都学得很到位啊！

不吃假

老王父亲说，今天村里发来一张通知，说要谨防社会上各种各样的骗子。并说之前确实也碰到过两个骗子。

老王父亲说："有一次，有一个骗子看到我小三轮车里有一盆草花，便对我说，想要买这盆草花。我对他说，那是我自己种着看的，不卖的。他说，我出20块钱，你就卖了我吧，反正你还可以种的，我很喜欢这盆花。我说，你既然喜欢，那就卖你吧。于是，他从口袋里掏出一张百元大钞递给我。我对他说，我身边没有零钱，你去兑开了再付我。他即刻说，那就不要了。你想，他用一张假钞来骗兑，以为我农民伯伯好骗，我才不上他的当呢。"

老王父亲继续说："还有一次，一个骗子要我帮他小三轮车带一些东西到附近的一个地方，愿意出20块钱，也和上一个骗子一样，拿出一张百元假钞，结果，我还是说没零钱后打发了骗子。心想，我才不吃你这一套呢。"

老王听后，说："你不行。"

老王父亲说："什么不行？"

老王笑笑说："不吃假啊！"

注：常熟方言中"不吃假"意为"不吃香""不行"。

英　雄

　　老王和朋友一起做足疗。服务员端来一桶热水。老王试了一下，双脚很快缩了上来，太烫了。这时，前面墙上挂着的电视机正在播放爱国主义电影。影片中，一位英雄在敌人的皮鞭、烙铁之下，昏了过去，又被泼上冷水，醒了，又被用极刑。但这位英雄不屈不挠，最终敌人也没有从他的嘴里得到什么。

　　老王看后，十分感慨，自己连这烫一点的水，两脚都不敢伸进去，何况用皮鞭抽打，用烙铁烫，这样的英雄不知要承受多大的痛苦啊！老王想想，越发崇敬那些为国牺牲的英雄了。

　　老王重新伸入调适好的水中，感到特别舒服，心中又油然升腾起一种特别的幸福感来。想想，我们的这些幸福不都是那些英雄的先烈们所奉献的啊！

小飞虫

　　傍晚，老王驱车来到虞山脚下，和老婆上山锻炼身体。回来下山的时候，一只小飞虫撞到了老王的眼睛里。老王用手一摸，摸到了一只硬壳小飞虫。老王正要把它掐死，却突然想到了宅基上一对老夫妻。这对老夫妻，都是六十有几的年龄，双双得了不治之症。最近，这对老夫妻吩咐子女买了鱼、龟、蛇之类的动物放生，可谓人之将死心其也善。老王想到这对老夫妻的举动，又想想自己手中的小飞虫，世界这么大，这虫这么小，为什么唯有这小飞虫的命运与我联系在一起，这不是缘吗？况且，这小飞虫是无意撞入我的眼的，为什么我一定要把它置于死地呢？想到这里，老王将小飞虫放了。

老王与老婆继续下山，老王继续在想：这只小飞虫真幸运，因为碰上了我，因为我想到了宅基上的一对老夫妻，才转祸为福。

老王再想想，也许，在未来的世界里，小飞虫明白了生死，还会感激我，感激我宅基上的那对老夫妻呢。

老王一阵高兴之余，忽然又想到：我们人的命运，不正如一只小飞虫吗？生与死，祸与福，有的时候也不知与何相维系的呢。

腐 败

老王与老婆一起爬山，回来的路上，老婆说："我现在蛮幸福的，想吃啥买啥，一点也用不着做人家了。"

老王说："你做人家了，不是滋生腐败吗！"

老婆说："怎么做人家，反成腐败了呢？"

老王说："一家人家，穷的时候，节约是十分必要的；一家人家富裕了，已不是缺吃少穿了，过分节约，那就会滋生腐败。"

老婆说："那奢侈反而好了？"

老王说："奢侈当然不好。一家人家的经济，就像院子里种的果树。有的人家，果树结的果子少，那只得省着点吃；有的人家，果树结的果子特别多，你还省着吃，最终吃不掉，烂掉，这不是滋生腐败吗？"

老婆说:"那应该怎么样呢?"

老王说:"首先得自己吃好,用不着省着吃,因为吃不完。但也不能因为果子多,而在每个果子上咬上一小口就扔掉,那叫奢侈,没什么好处。"

老婆说:"那应该怎么样呢?"

老王继续说:"应该将多余的果子能卖的卖掉,换回来年的肥料,争取循环得丰收;也可以将一部分果子分发给贫穷一点的人家,这样你的心灵也能得到丰收。"

老婆闻之,笑笑说:"原来,幸福的道理还蛮多的呢。"

注:常熟方言"做人家",意思为"节约"。

吃懒饭

朋友与老王闲聊说:"最近,有个小姐妹,与普通工人的丈夫离了婚。这个小姐妹,一直羡慕自己的妹妹,嫁了一个富裕的老公,过着安逸自在的全职太太生活。这个小姐妹,不愿每天机械式地工作,赚一点可怜的死工资,便与社会上赌博放高利贷的朋友混迹在一起。为了自己轻松赚钱,能够吃懒饭,她把自己的房子抵押贷了几十万款,给赌博放高利贷的朋友放债。结果,放债的人也找不到了,自己反而背了一身的债。假如还不出贷款的话,房子也将被银行起诉拍卖。你看,吃懒饭,吃成这个样子。"

老王闻之,笑笑说:"懒饭不是人人好吃的。利用歪门邪道吃懒饭,最终懒饭、懒饭,变成'来烦''来烦'。"

坏事不坏

老王老婆听到了婆婆几句唠叨话，感到十分委屈，告诉老王。老王说："不要放在心上。"

老婆说："不是说你，你当然不放在心上。"

老王说："万事往好处想，坏事也会变好事。"

老婆说："你说怎么好法？"

老王说："这也是锻炼你的宽容度和耐心啊，不是好事吗？不要得到了好处，才认为坏事其实也坏不到哪里去。只不过，有的坏事变好事明显，而你这个坏事变好事不明显。"

老婆说："那你说，哪些坏事变好事明显？"

老王说："举两个例子你听听。第一个故事：我小时候，和同伴一起玩耍，一个老公公在木船上，看到我们妨碍他做事，一个心火，就在船板上踹了一脚，想赶走我们。这一下，坏事变好事来了。"

老婆说："什么好事？"

老王说："你想，这一脚下去，只听'嘭'的一声，随即一条六公斤多的大鲢鱼跳上了船。那老公公开心得不得了。你说，这不是坏事变好事了吗？没有我们干'坏事'，老公公有得这么大的鱼的好事吗？"

老婆继续问道："那第二个例子呢？"

老王继续说："第二个例子：我们这里曾经有一个做服装的个体工商户，有一次，开车不小心把一个上海的老太撞伤了腿。他很内疚，每天都陪在老太身边服侍。开始，老太也没说什么。时间长了，老太被他的诚心所感动，不禁问起他来，说：'你做什么工作的？每天来陪我会影响工作吗？'他回答说：'我是做个体服装的，撞了你真不好意思，再大的损失我也要先照顾好您。'这小老板万万没有想到，这老太太是一家大的外贸公司老板。后来，许多外贸服装的活都给了他干，企业越来越红火，规模越来越大，成了当地一家不小的企业。你说这不是坏事变好事吗？"

老婆说："嗯，但不是所有的坏事都能变好事的。"

老王说："真诚面对，只要你往好处想，心胸就会开阔，总比往坏处想好。"

老婆说："呵呵，有一定道理。"

老王笑笑说："坏事，有的时候还真不坏。"

做鞋样

老王与朋友闲聊。朋友说："现在我感到特别幸福。"

老王问道："怎么说？"

朋友说："现代人生活条件好了，很自由，不要担惊受怕。"

老王说："是吗？怎么想到这个问题上来了？"

朋友说："以前'文化大革命'的时候，也就是我小的时候，大人们处处都要提心吊胆，生怕一不小心惹出是非来。"

老王应声道："噢。怎么突然想到'文化大革命'来了？"

朋友继续说："不是我想到'文化大革命'了。而是我想到母亲了。"

老王说："怎么了？"

朋友说："那个年代的人物质贫穷，精神上没有自由，简直是大墙内的啼笑。再想想我们现在，吃有吃，用有用，也不要为说一句话，做一件事而担惊受怕。"

老王应声道："嗯。"

朋友继续说："就说我的母亲，有一次，自己做鞋底，用旧报纸做鞋样，一不小心把旧报纸上的毛主席像给剪坏了。后来被人举报，经常挨批斗，吃了许多许多的苦。"

老王想："是啊！比比上一辈、那个年代的人，我们这代人不知要比他们幸福多少。"

想到这里，老王顿感特别幸福起来。

方　便

中午和朋友吃饭。朋友告诉老王，他在出租车上听到出租车司机在与别人通电话，说自己在邻市一个军营的地方，由于自己内急，在营房墙角边解手。解完手后，背后有一个士兵拍了拍他的肩，说他随地小便不文明，一定要他写检讨。出租车司机对士兵说，自己实在是太急了，才这样做的。但士兵还是不放他走，说这是规定。出租车司机无奈，说，那你帮我写吧，我把字签了。后来，他签完字才放他走了。

老王听了以后，说，还有这样的事？朋友说，亲耳听到出租车司机和别人通电话，不是真的话，估计他也编不出这样的事来，也不会想编这样的事与朋友说。

看来，还是部队管得严。方便也不能随便，有时候方便还真不一定方便。

医疗扶贫

朋友夫人是一位医生。医生说:"曾经医院推出免费为贫困家庭治疗白内障疾病的扶贫活动。有位领导开着高档的轿车送老母亲来医院治疗。有的医生和护士讽刺地说:'干部带头,这就是扶贫的最好表现。'也有的说:'真正的贫困白内障患者还不一定知道有我们的这个活动呢'。"

老王闻之,开玩笑地说:"贫穷没有明确的标准,开不起飞机也是穷啊。"心想:贫困的白内障患者才是真正的白内障,同一片蓝天下,要见光明比任何人都难。

老王又想:贫困的白内障患者还是不治的好。本来看不见还好,习惯了,心态平静。可一旦治好了,发现自己与别人差距那么大,不气死才怪。

老王这么一想,感到这样的医疗扶贫就有点多此一举了。

人生的最美

早晨,上班前;傍晚,下班后。这段时间,老王总是拿着相机在自家院子里晃动。老王老婆对老王说:"你经常在院子里晃,有什么好拍的?"

老王把镜头里拍到的东西给老婆看。老婆说:"嗯。你拍的东西都很漂亮。原来院子里还有这么多美丽的东西。"

老王笑着说:"世界不缺少美,关键缺少的是发现美。人生也一样。"

老婆说:"我的人生不缺美。"

老王不解,问道:"为什么?"

老婆说:"你就是我的最美。有你,我没感觉缺少美。"

老王若有所悟道:"原来,人生还有最美,最美是一生中的配偶。"

疏通天沟

老王老婆近日来经常催促老王去疏通自家二层楼房天沟里的积水。可是,老王懒懒散散,一拖再拖,没有行动。

有一天早上,老婆借来一把梯子,对老王说:"梯子借来了,你去疏通一下天沟吧。"

老王见此,无法推诿,只得登上房顶,疏通了落水管道,清除了淤泥,弄得一身臭汗。

疏通的当天,一场入梅(梅雨季节)前的大雨,正巧又把天沟里的泥浆冲刷得干干净净。老婆说:"你看看,幸亏今天及时疏通了天沟,否则又将渗水,积很多的水。"

老王想:是啊!幸亏没有再拖下去,以前就是积水了造成部分地方的渗水。

老王再想想:懒惰,有时也是一种危害啊!

老王转而又想:老婆真是蛮聪明的,先行动一步,既免伤口舌的和气,又巧妙地解决了我拖懒的问题。老婆不仅让我疏通了天沟,也疏通了我拖懒的思想通道。

吃 鱼

老王喜欢吃鱼。老婆做了红烧鲫鱼。吃晚饭时，儿子还在楼上玩耍。老王专挑喜欢吃的鱼背先吃。老婆说："你先吃头、尾，把鱼背留给儿子吃。"

老王说："你这不对了。"

老婆说："为什么？"

老王说："儿子是成年人了。吃饭的时候不来吃，一点好的习惯都没有，你还留好的给他吃，不是害他吗？只有把好的先吃掉，晚来吃只能吃剩下的差菜。"

老婆说："吃点小菜谈不上什么害他吧？"

老王说："吃饭、吃菜固然是小事，但养成不好的习惯却不是小事、好事。你想，就像企业招工，人家争先恐后地去招聘，把好的位置都占上了，你晚去的，还会有好的位置留你？除非你有比别人更强的本事，还有一点希望。"

老婆说："作兴（常熟方言，意思是可能）呢他比别人本事大呢。"

老王说："本事大的人也要争取的。山外有山，天外有天。而本事大的人，行为习惯往往不是没条理的人。"

老婆说："那你说怎么做呢？"

老王说："不一起来吃，就是要让他吃最差的，他要想吃好的，就得一起来吃。"

老婆说："噢。再这样，以后让他吃最差的。"

老王瞧瞧老婆说："你做得到吗？"

躺　椅

朋友喝多了酒，吐脏了老王的车，躺在人行道上烂醉如泥。过路的人都向他行注目礼。

有一位胖子走过来和老王聊天，说自己曾经也有一次喝得胃出血，把家里弄得一塌糊涂，抽水马桶都被自己胡乱端了，肚子十分难受。

胖子继续说："我有一个朋友，车子里常备一把椅子。"

老王问："备椅子有什么用？"

胖子说："朋友为了生意，三天两头和给他生意做的老板喝酒。而那老板几乎每次都要喝醉。没办法，喝完酒后，朋友就问老板，能不能走？能走，就走；不能走，就拿出躺椅，放在街边，让他躺着休息，直到酒醒再走。"

老王闻之，笑笑说："投其所好，陪醉鬼也走上专业化了啊。"

嫖　娼

老王妹妹说：

休息天，有一位医生在搓麻将。突然，医生接到一个电话，医生问道："你是谁？"

对方说："你听不出来了？"

医生说："听不出来。"

对方说："真的听不出来了？"

医生说："你是陕西的同学某某吧？"

对方说："是啊，我就是某某啊。"

医生说："你找我有事吗？"

对方故作不好意思地说："难为情啊，我来上海出差，因为嫖娼被抓，要罚我3万元钱。出门在外，这事又不好问家里人要，只能向你老同学开个口了，等我回去后再还你了。"

医生很爽快地说："你把卡号发我吧。"

对方很快把银行卡号及姓名发了过来。医生打电话给一个朋友，叫他帮医生汇了3万元钱。

一会儿，医生又接到对方电话说："现在派出所说要罚6万元，愁死我了。没办法，还是烦你老同学再帮一下，真不好意思。"

医生麻将正搓得有劲，不假思索地说："没问题。"说完，医生又叫朋友帮忙汇了3万元。

麻将结束，医生回过神，想想有点不对，钱汇的不是同学的姓名。于是，打电话给同学，问是不是在上海。同学说在老家，没在上海。医生才如梦初醒，知道自己上当受骗了，随即报了案。

老王听完这个故事，感慨地说："麻将正是麻醉了人的思想。俗话说：玩物丧志。这正是玩麻丧智啊！"

参观藏品展厅

朋友打老王电话，说他的叔叔办了个画展，问老王是否去看一看。老王欣然应诺。

晚上，主人的公子一边陪老王参观，一边介绍说，自己的爸爸喜欢收藏字画，自己的妈妈喜欢收藏玉器。这里展出的是一小部分字画和玉器。他还特地介绍了他母亲收藏的玉器，有价值4000多万元的黄玉，有价值千万、百万元的翡翠，等等。估计展品价值有好多亿元。

走出展厅，老王想：有钱的人真有钱啊！

老王再想：参观时看到的老板娘好像与普通的人没什么两样。也是一双眼睛，一个鼻子，一张嘴巴，一个肚子，两条腿和一双手。一个肚子，一口气也吃不了十碗饭，百碟菜；手上戴不了千块金，万块银；身上穿不了千层衣，万缎裙；这所谓拥有的财宝，这东西还不是让自己看看？看看，也不能一天到晚盯着看。多看了，也长大不了，少看了也缺少不了什么，这岂不成了搁煞货？难道，这等着它升值再换钱吗？有钱人有的是钱，换再多的钱来还是花不完，又有何用呢？可能有钱快乐吧！可故宫里的宝贝有何其多，以前都是皇帝的，然而有多少皇帝快乐到死呢？这与财富究竟有多少关系呢？

老王一路走，一路想。突然，明白过来：搁置的财富是用来养眼的，主人最多是个临时的保管员而已。

老王想得越来越明白，走起路来也越发轻松，快乐得比主人拥有那么多财富还快乐。

老王有点阿Q，可老王还是认为：明理比财富更重要，更使人能获得快乐。

溅几滴水回家

老王送老婆回娘家。娘家的邻居对老婆说:"你又拎点老娘吃的东西,你老娘开心煞哉。"

老王插话说:"她是溅几滴水回家。"

邻居不解地问道:"什么溅几滴水回家?"

老王笑笑说:"俗话说:嫁出的女儿,泼出的水。我老婆只是还想着多溅几滴水回家而已。"

慢郎中和急惊风

一位集团企业的副总经理告诉老王:

有一次,晚饭后,司机接她从南京回常熟。她从汽车的后座一侧开门,发现里面堆了一些东西,于是关了车门,绕到另一侧上车。

汽车如箭一般在公路上飞驰。司机开过一阵后,开始和她说话。可是,司机怎么讲,也听不到她的答话。于是,司机转过头来,顿然惊讶万分,怎么人不在车里呢?正在纳闷之时,她打来了电话,说:"我还没上车,你怎么开得这么急呢?"

这位副总经理讲完这个故事后,又对老王说:"幸亏手机捏在手里,要是放在包里,把包都掷在车内,那还不知何时能回来接呢。"

老王笑道:"要是你没有了手机,司机不想和你说话,以为你睡一会儿，休息一会儿，等到发现，已不知到了哪里了。"

老王心想：开车最忌讳的是粗心和心急。引以为戒哟。

于是，老王又戏谑道："呵呵，你是慢郎中碰着急惊风，跺脚都没用。"

高　汤

大老王与老王一起用餐时谈及自己曾经在市政府招待所当过厨师，出过一次洋相，说："有一次，有一位乡镇企业厂长，到市政府招待所请客人吃饭。厂长连续多次敬烟，与我打招呼，菜烧得好一点，特别是汤要熬得浓而入味点。人家那么客气，自然要照顾着点儿。最后一个汤，我把炮台上盛放的高汤多舀了几勺，端给客人。第二天，师傅上班，问炮台上缸盆里的水怎么少了许多。我对他说给客人吃了。师傅说，交班时忘了告诉我，那不是高汤，是绞灶帆布的洗锅水，里面全是肮脏的碱水。"

老王大笑，问道："客人有没有吃出来？"

大老王说："没有。"

老王说道："有的时候，事情往往没有想象的那么美好，以为和别人打过招呼，就万事顺当。岂不知，有的时候，连自己吃了亏都不知道。"

老王心想：人生不要处处占便宜，可不求人时尽量不求人，顺其自然最好。

食 堂

谈及厨师，朋友和老王讲了一个小故事：

二十多年前，有一个厨师，考进了事业单位，常回曾掌勺的集体食堂吃饭。那里的厨师都是他的同事和徒子徒孙。没人时，当班厨师就不收他的菜票；有人时，他递给当班厨师一角菜票，当班厨师时常找他五角菜票。因此，那个考进事业单位的厨师菜票一直用不完。

老王笑笑说："朋友照顾固然是好事，只是做法不太好。"

老王心想：这样的便宜还是不贪好。因为，给你便宜的人，是最了解你的人，往往也可能成为最瞧不起你的人。因此，按规矩办事最好。

打 车

老王在北京鸿坤国际大酒店门前打的车。上车后，司机对老王说："你看那些大包小包、拖儿带女的人，看到她们打车就觉得烦。"

老王想：20世纪90年代初，自己曾去广州参加一个展览会，身边带着许多展览用具。的士司机一看到自己身边有这么多东西，不管怎么招手，就是没有一辆出租车停下来。好不容易拦上一辆，也是要高价才行。

老王想到这里，就对司机说："出门在外的人，大包小包，拖儿带女的，为了生活，很不容易。你不乘他们，他们会更加觉得麻烦。"

司机瞧了老王一眼，继而说："我们不是一般的人，我们要做高尚的人……"司机一连说了几句。但不管司机是出于内心，还是讽刺老王。老王确信：照顾有困难的人，比照顾一般的人要高尚。

换酒店

老王与朋友下榻于北京的一个国际大酒店。朋友进入房间，见内有电脑、电视于一体的双用设备，感到很高兴。

朋友打开电脑电源，发现电脑无法正常使用。于是，朋友打服务员电话，要求来看一下。等了好久没来，朋友又催了一个电话。终于来了一个服务生。服务生摆弄了一下，还是用不了。服务生说马上叫专业的人来弄一下。可是，等到老王和朋友晚餐后回来，还是没有人来修好。

第二天，朋友说："昨晚，电视的遥控器也不好使。我们换个酒店吧。"于是，老王与朋友换到了另外一个大酒店。

前段时间，老王曾听一位教授讲课。教授说自己曾在香格里拉酒店下榻，把笔记本电脑放在桌上，深夜回到房间，发现电脑旁多了一样东西：仙人球。旁边还压了一张纸条，大致内容说，仙人球能抗电脑辐射，请注意劳逸结合，保护自己的身体之类的话。教授很感动，说这是一种无微不至的关怀，使自己找到了一种家的感觉。因此，教授出差，总喜欢住香格里拉酒店。

对比这两个酒店里发生的故事，老王越来越感觉到服务的重要。虽然，客人是否来住你的酒店，带有偶然性。但酒店顾客的回头率的高低却带有必然性，这跟你的服务质量有着密切的关系。服务质量好，虽然顾客增加了住店的频次你不一定知道，但这酒店在顾客心目中的地位却大大提高了。反之，服务质量不到位，你丧失了顾客虽然也不知道，但这酒店在顾客心目中的地位却大大下降了。

从此，老王更进一步理解了这么一句话：关心别人，就是关心自己。

传　销

老王偶尔与朋友闲聊。朋友讲了刚刚发生的一件事。

朋友说，上午，她的姨妈来看她，哭哭啼啼，因为姨妈特别疼爱她，所以说来看她一眼后回去就要自杀了。

朋友大吃一惊，吓得跟着姨妈大哭一场，并问姨妈究竟为了什么？姨妈边哭边说，是自己的女儿，因为搞传销，亏了大本，现在嫌自己的老公没钱，闹着要离婚。孩子都不想要，推给老公。我很喜欢小外甥，小外甥是我一手带大的，我怎么能让小外甥走。我不让小外甥走，女儿就和我大吵大闹，我是气得无法过日子了。

朋友无奈，叫来自己母亲，叫来小姨，一起好说歹说，才好不容易劝住了姨妈。吃了午饭，姨妈才回去了。

老王闻之，心想：不法传销真是祸害啊。传销，传销，那不是传的"笑"，是传的"哭"啊！

择优录取

老王儿子的同学考的是艺术学校，省统考过关后，还参加了几所外省市大学的单招考试，其中，有一所大学颁发给他艺术考试合格证。这所大学文化分数划线出来后，老王儿子的同学超过了本科分数线。可是，文化分数，人家比他差的178分录取了，而他212分却没被录取。老王儿子的同学气得牢骚大发："什么择优录取，简直是放屁！"

老王劝儿子的同学，说："你是缺筋的人，所以没能录取。"

老王儿子的同学不明白，问道："什么缺筋不缺筋的，我不明白。"

老王说："成事者三'筋'最重要，你光有脑筋，没有背景（筋），没有资金（筋），成功的机会当然大大减小了。"

老王儿子的同学呆呆地看看老王，一言不发。

老王继续说："择优录取，其实就是择'有'录取，你有脑筋，有背景，有资金，当然优先录取你了。"

疗伤武器

朋友对老王说，他有一个同学，刚买了辆摩托车。有一天，在市区撞上了两个女孩，自己倒在地上昏厥了。两个女孩吓得不知如何是好。

过了一会儿，朋友的同学从地上醒来，迷糊着睁开眼睛，发现眼前竟是两个美女，继而露出了微微的笑脸。两个女孩没有受伤，发现他醒了，慌忙对他说："要不要扶你去医院看看？"

朋友的同学却依然迷糊着眼睛，略带微笑，慢慢地从地上支撑起来，说："你们两个女孩倒是挺漂亮的。我去不去医院不重要，现在最需要的是心理安慰。"

老王闻之，学着年轻人的口气，笑道："哇。你同学是重色，不是重摔耶。"

片刻，老王继续说道："看来，美女也是疗伤的武器啊！"

电梯效应

有一位曾经当过一个企业厂长的老板对老王说："我干了大半辈子集体企业的厂长，辛辛苦苦打下的基础，却给后来的人一转制，变成了私营企业，后来者一夜暴富竟然成了大老板。我却被抛给了社会，只能拿可怜的几百块钱一月的退休金。真是倒霉。"

老王说："别想不通。俗话说：跑得早，不如跑得巧。这叫人生中的电梯效应。"

老厂长不解，问："什么电梯效应？"

老王笑笑说："人生有的时候，就像乘电梯，同样到一个楼层，先进电梯的人，却往往最晚才能出来；晚进电梯的人，却往往最先出电梯。而晚进早出者往往比早进晚出者容易抢占先机。"

老厂长说道："那按你说的，我只能认命了？"

老王依然笑笑说道："那你说还能怎么样？"

做快乐的贫穷者

有一民营企业老板打电话给老王,请老王陪他吃晚饭。老王说:"怎么又要请我吃饭了?"

老板说:"你想,我一天到晚,在企业里烦,不出来吃吃饭,喝喝酒,唱唱歌,解解闷,不要发疯啊!"

见面后,老板说:"我现在也算富裕了,可我却一点也不快乐,每天面对的是企业一大堆的烦事。"

老王笑笑说:"你还不算富裕。"

老板问道:"为什么?"

老王说:"富裕,有多种。有物质的富裕,有精神上的富裕,有知识上的富裕,等等。而你,物质上富裕了,精神上并不一定富裕,知识上更算不上富裕。"

老板说:"按你的说法,我还是贫穷的人?"

老王说:"对于物质财富,只要不是缺吃少穿的人,是最不重要的;而精神的富裕却要比物质上富裕来得重要。物质财富,追求的是一个结果,而精神财富却贯穿人生的整个过程。人快乐与否,与物质财富并不一定成正比。再说知识的富裕,当然这是相对的。知识不是越多越反动,知识一辈子积累都不会觉得多,也是追求的一个求知的过程。每天,你有多少时间用来安静地读一段文字,看一段书?要知道,每天都能有时间静静地看一回书,也是一种快乐和幸福。"

老板说:"难啊!"

老王说:"所以,我宁愿做快乐的贫穷者,不愿做贫穷的有钱人。"

结婚二十年

老王老婆经常问老王:"为什么我们结婚这么多年,感情不但没有下滑,反而感觉越来越好?"老王总是一笑不语。

最近,老婆又问老王:"结婚二十年,为什么我总觉得你对我越来越好?"

老王问老婆:"我和你结婚前,你们那里的人对我有什么评价?"

老婆说道:"哈。那时,你来相亲的时候,你还穿的是一件破了的旧军衣,穿了的旧毛衫,老头子才穿的保暖鞋,坐在什么地方就什么地方,一点都没有年轻人的活力,人又瘦又黄。村里的人见了,都说我怎么嫁给你这样的人。我的伯伯是介绍人,一直担心,我到你家后会吃苦,心里总有一种对不起我的担心。"

老王说:"那你为什么还要嫁我?"

老婆说:"我知道你家里穷点,对这方面不会考究打扮。但我明白,你有文化。而且母亲常对我说:只要人好,老实,怕什么。人家有一双手,你也有一双手。人家行,你为什么不行呢?所以,我才嫁你了。"

老王又说:"那现在村里的人对我们怎么评价?"

老婆笑道:"当然不一样了。现在什么都改变了,村里的人都羡慕我,嫁了你。原来最不看好的,现在都说村里一起的那些女孩嫁得最好的是我。每次,我回娘家,村里人都羡慕地对我妈说,你养了一个好女儿。我妈却说，都是你好。我爸在世的时候，也是，从来不说我好的，只说你好。"

老王继续说："你知道为什么吗？"

老婆说："不知道。"

老王说："你一家人，那时那么信任我，我能让你们输吗？"

快乐和幸福

老王带儿子去上海交通大学报日本工学院学动漫的预科班，认识了浙江的一位家长。这几天，要交十几万元孩子在国内学习的学费。她说："把箱底都掏空啦。我把准备好的钱让孩子数了一下，让他知道他是开了一辆十几万的汽车去上海读书的；到日本是开'宝马'汽车去的。让他知道这钱是爸妈辛辛苦苦省下来的。我一直觉得在培养儿子的学习上我是失败者，看到周围同事的小孩个个都很棒，心里难受啊，失落。"

老王说："条条道路通罗马。钱本来是身外之物，赚钱的目的还是为了用，能派上用场也应该感到高兴才是。能出得起，算是好的了。"

老王继续说："世界上快乐的因子很多，看你怎么来获得。比如说：碰到不顺心的事的时候，正巧看到一只蚊子，我就会想，这辈子幸亏没有投胎蚊子，否则和蚊子一样的命运，可能轻易地就被拍死；比如说：看到餐桌上的鱼和虾之类的，我就会想：这辈子幸亏没有投胎鱼虾之类的，否则也可能是被人类杀戮吞食了。同样是人类，遇到不顺心的事，就会想想，比我处境不好的不知有多少，为何不感到快乐呢？现在我有一个安稳的工作，生长在经济发达地区，要是投胎在不发达地区，可能也在异乡打苦工，为什么我不能满足现在呢？这么一想，幸福和快乐感就油然而生了。"

她说："呵呵，怎么不想投个总统的儿子呢？"

老王说道："有一句经典的话：不幸生在帝王家。不要以为总统的儿子就会幸福，也不一定。"

她说："这么大岁数还在为小孩操心。唉！不知什么时候能享清福。"

老王说："有孩子让我们操心也是一种幸福。你想，有的人家孩子没有，空虚得一塌糊涂，也并不快乐。"

她说："你像一本佛学著作《心如莲花》中所说的。"

老王笑道："呵呵，生活中处处有禅意，想法决定你的心态。"

她说："嗯，学会自得其乐，享受过程。"

老王依然笑笑说道："其实，快乐和幸福很简单，那就是比下，而不是比上。"

子虚乌有

朋友和老王说："最近，接触到一位进入中年的民营实业家。这位实业家通过许多年的努力，目前已积累了1.5亿元的个人资金。可是，最近通过医生检查，说他患上了肝癌晚期，最多能活三个月。实业家叹息道：'自己即将到天堂，自己的资产在银行，病痛折磨自己扛，累死累活没名堂。'"

老王听后，笑道："你知道有一个成语叫'子虚乌有'吗？"

朋友说："当然知道。"

老王说道："你知道是什么意思吗？"

朋友说："没有的事的意思。"

老王笑笑说："你听我解释解释，看我解释得是否有道理。"

朋友说："你说。"

老王说："以前的铜板，也称一粒'子'。因此，'子'也是钱的代名词。'子虚'的意思，就是钱是虚的，赚到的钱赶紧花，放在那里都是没有意义的；再来说'乌'，'乌'是黑色的意思。因此，我们再理解'子虚乌有'这个词，就非常清楚了。那就是：钱是虚的，留着不用，到头来，即使有了，你在长夜（即死后）的黑暗里也看不见了。"

朋友笑道："有道理。那如何让钱不为'子虚乌有'呢？"

老王乐道："'子虚乌有'的反义词是实实在在吧。想通了，钱也要多花一点自己身上了，多注意保养自己的身体，这也是实实在在的一个方面。要知道，身体垮崩了，什么都'乌有'了。当然，人生也不能太消极。因此，不让钱变成'子虚乌有'，那就得勤挣勤花啊。"

洗澡水

老王将"子虚乌有"的故事发给一个朋友看。朋友看后说："钱花完了，人还活着，也悲哀的。"

老王说："勤挣啊。花钱的前提当然要先挣钱啊。开源是最重要的。你要想活得舒服，就得挣钱来花。"

朋友说："能力有限。"

老王说："那就挣多少钱，花多少钱。钱如热水器中的水，你进水太少，要大手大脚洗个舒服澡就有困难，可能一会儿水就用完了。因此，生活如洗澡。不洗或水量不够，你都会觉得不舒服。所以你要活得舒服，就得热水器里有足够的进水。要知道，水在你身上汩汩流过是最舒服的。"

朋友说："呵呵，有足够的水，那我把冲淋喷头开到最大。"

老王说："万事有度。把龙头开到最大，一是浪费；二是可能水的冲击力很大，你也可能感觉并不舒服。因此，汩汩流过最舒服。"

朋友说："那我水多怎么办？"

老王说："那看你怎么用了。水多，可以开个澡堂让更多的人受益于你。也可以用来种花，美化环境等等，至少也不能浪费啊。"

朋友说："呵呵，说实在，澡堂是开不起的，现在连洗澡水都还不充裕。"

老王笑道："那赶紧去多弄点洗澡水吧。"

第三夫人

老王和朋友一起吃饭，朋友讲了一个敬酒的故事：

有一次，朋友和同学及其家属一起吃饭，朋友起身对着同学的夫人敬酒，说道："这杯酒要好好地敬一下老同学第三夫人。"同学夫人顿时脸色骤变，很是不快。

第二天，朋友的同学告诉朋友说："你开玩笑说一句话，我们在家闹了一整夜。"

朋友不解，问道："怎么回事？"

朋友的同学说："你对我老婆说，她是第三夫人。我老婆说我外面一定另外有两个女人，说你话中有意思的。"

朋友大笑道："真不好意思，怎么会这样理解呢？"说完就打通了同学夫人的电话。

朋友说:"昨晚让你误会了。国家总统夫人都称第一夫人。你老公是单位排名第三,说你第三夫人应该高兴才是。你怎么那么敏感,钻牛角尖去呢?"

误会消解。

老王听完这个故事,说道:"看来,玩笑也不能随便开啊。开玩笑也要让人明白。不明白的话,有的时候,玩笑可能变成'玩翘'了。"

朋友说:"什么'玩翘'?"

老王笑道:"就是和你翘着嘴巴不高兴啊。"

魔　鬼

一位年过半百的村民,收集了一些废旧纸箱,准备去卖钱。村民因为离自己不远地方的废品收购点价格便宜,就到二三公里以外的另一个熟悉的收购点去卖,这样可以多卖十来块钱。

村民骑着装满废旧纸箱的小三轮车,突然在一个拐弯处侧翻了,造成了小腿骨折。村民的老婆送他去医院回来的路上,也在一个不平的窨井旁摔了一跤,肩胛骨脱了臼。

老王闻之叹息:这钱,真是上帝放出的一只狗,既能逗你乐,又能咬你一口。

老王父亲说:"他碰到了魔鬼。"

老王说:"他倒霉。不能相信迷信。"

老王父亲说:"不是迷信。钱就是魔鬼。"

老王细细想想,觉得父亲说得也有道理。这钱就是魔鬼,它既能让人着魔,又能让人心甘情愿地劳累奔波,让人备受折磨。

黑　蚊

早晨醒来,暗淡的光线下,老王发现手背上有一个小黑点,仔细一看,原来是一只黑色的小蚊子扎在他的血管里享受。老王扬起另一只手,心中说道:"伟大领袖毛主席教导我们:人不犯我,我不犯人;人若犯我,我必犯人。"只听到"啪"的一声,可怜那一只小黑蚊血染肤疆。

老王就像打了胜仗一样高兴。

老王高兴了一阵,又低沉了下来,心想:1979年对越自卫还击战。仗,打胜了。却发现敌人用的是我们支援的枪支,吃的是我们支援的粮食。能乐吗?这不是和自己打黑蚊子一样吗。那黑蚊,流的是我老王的血啊!

挎　包

老王与老婆送儿子至上海上学。报名后,老王与老婆、儿子去吃饭。老王肩上挎着一个文件包,一家三口走在街上。老婆走上前来,边摸着老王的领子边说:"你背包老是把领子压得歪歪斜斜,弄得衣肩皱巴巴的,一点也不讲究。"

老王说:"我又不是小女人。"

老婆说:"什么小女人不小女人的。"

老王说:"大男人,不拘小节啊。"

老婆说:"什么小节不小节的,你总得像个样子。"

老王说:"就你看不过我,你看大街上那么多人,有哪个看不过我啊?难道我影响市容了吗?"

老婆说:"不和你说了,你总是有理。"

老王笑笑说:"生活不能太一本正经,太一本正经会增加不必要的烦恼和负担。随随便便最快乐。"

急刹车

老王跟着团队的客车去乐山。刚进入乐山地盘不久,同团坐在前排的一位女士因为腰痛,站了起来,一只手扶在椅背上,面对着车后。二排的导游随口说道:"你坐下吧,万一急刹车很危险的。"

导游话说完不到半分钟,车前一辆卡车急转弯,司机就来了一个狠刹。幸亏那女士已坐了下来,否则可能会带来不必要的磕碰和伤害。

老王惊叹这导游的话,正是无巧不成书,说得那么及时。老王在惊叹的同时,想想:有的时候,一句不经意的劝道,可能就能改变一个人的厄运,转祸为福。

老王又想想:看来,有的时候,该说的好话也不能吝啬啊。

老王想了又想,突然又明白了:全团是去看乐山大佛的,一定是托了乐山大佛的福了。去看乐山大佛不乐的话,不就变成了"乐衰"了啊。"

乐山大佛

老王重游乐山。老王想,山是一尊佛,佛是一座山。我这次来旅游倒要看看究竟乐在什么地方。

老王与同团的人一起坐船来到乐山脚下。乐山大佛慈眉善目,一脸慈祥,根本看不出来乐在哪里。再看看,乐山大佛两旁的门神,一个是没了脸,可能是看够了,不需要再看凡世的烟尘,仅留一些肢体,升天了;另一个是低垂着脸,也看不到丝丝的乐相。

老王想来想去,为什么我看不出乐山的乐来?乐山大佛的脚下,是川流不息的江水,犹如时间一样奔流。乐山远看是一座卧佛,仔细端详,也看不出什么乐道来。

老王想啊想,只看到船上的团友一个个兴奋地拍着照。老王顿然明白:乐山大佛,面对时间的流水,始终带给人们的是快乐。虽然,表面平静,但内心一定也是快乐的。

乌木博物馆

老王跟着团队导游来到乌木博物馆参观。导游说,乌木博物馆是赠送项目。进入馆区,馆内讲解员仔细地讲述了乌木的来由、品种和乌木材料的珍贵。讲解的小姐还一个个介绍了馆内的大型乌木雕刻,有四大名著里的场景,如《西游记》《红楼梦》《三国演义》等。

到了最后，讲解员带团队来到现场雕刻区，目的是让团队的游客去买乌木雕刻工艺品。有一位同团女士出来后对老王说："既然是珍贵稀有的东西，应该制成高档的工艺品，进高档奢侈品店，有针对性地卖给有钱人群，不该在旅游点上随便出售给普通游客呀？既然是稀有之物，哪来那么多啊？"

老王应声道："是的。说得这东西如何稀有，如何珍贵，最终目的还是想让游客都来购买。给人总觉得有点'马''扁'的味道。"

老王想了想，突然明白，现在的人为什么会这样做，目的很明确，就是让消费者"乌目"，使个障眼法好换钱哦。

游万年寺

老王随团队一起进入万年寺。万年寺中有全国唯一的圆形无梁砖殿，以及国家级重点文物普贤铜像。因为老王对佛教不怎么研究，跟着进寺也只是漫无目的地瞎看看。

老王虽是瞎看，却对寺院的门联想研究几副，但总因高深不透，难以理解而放弃。如进寺门的一副门联："是谁将眼孔放开看得穿大千世界？到此要脚跟站定方许入不二法门。"还如里面有一副："生死海里从这里渗透，何须朝南看北；涅槃路向个中理会，切莫指东画西。"

老王通过网上，查查，反而对万年寺的几副讽刺对联发生了兴趣，摘录如下：

（一）上联：经纤可起生？难道阎王怕和尚？下联：纸钱能赎命？分明菩萨是贪官！

（二）上联：你求名利，他卜吉凶。可怜我全无心肝，怎出的什么主意？下联：殿遏烟云，堂列钟鼎。堪笑人供奉泥木，空费了多少钱财！

（三）上联：我若有灵，也不至灰土处处堆，筋骨块块落。下联：汝休妄想，须知道勤俭般般有，懒惰件件无。

老王不擅古诗对联，看到万年寺放生池里有许多乌龟，香火旺盛。也作一联，只求读来上口，不求对仗技巧，可以理解为是联非联，曰：

放生池里龟轧堆，

万年寺中烟飞灰。

如要加一横批，就叫：全堂空。

白龙洞

峨眉山白龙洞又名白龙寺，始建于明嘉靖年间。里面供奉的是峨眉山最大的药师佛白娘子。

相传西天如来佛祖的莲台下有一只乌龟，在佛祖莲台下听经已有五百年道行，因羡慕人间舒适的环境，逃离天庭，来到了峨眉山，并偷吃了峨眉山牛心寺旁丹帮洞孙思邈真人炼的金丹，增了五百年道行。乌龟有了千年道行，就变化成了人形在山上横行霸道，无恶不作。后来，乌龟在练功时吐出金丹，被峨眉山白龙洞修炼的白蛇吸走，失了五百年道行，显了原形，被白蛇甩到了东海底下。白蛇也因吞了神丹，一下增加了五百年道行，变成了一个头绾双髻，身穿白色衣裙的白莲仙姑。

有一次，白莲仙姑上山赏玩风景。遇见了对面山坡上正在挖药的年轻小伙子许仙，产生了爱情。后来，许仙挖完药回了杭州。

许仙走后，白莲仙姑日夜思念，最后，变成一个身穿白衣白裙的姑娘，自称白娘子，飞到杭州西湖，与许仙成就了姻缘。

后来，白莲仙姑在峨眉山修炼过的那个洞，人们就叫它"白龙洞"。

老王想：这美丽的传说，弘扬的是什么思想？弘扬的是许仙和白娘子的爱情故事？还是惩恶扬善，伸张正义？老王左思右想，想想菩萨到底是否可信？为什么那么大法力的菩萨管不住一只垫脚的乌龟？乌龟无恶不作，这罪魁祸首岂不是变成了如来佛祖？

老王想到这里，又不敢说不信，唯恐冒犯了佛祖，佛祖又故意疏忽，放出几只垫脚龟来，岂不又殃及一大片？罢了，罢了。

猴山观猴

老王游完白龙洞，经过清音阁、一线天，直奔全国最大的自然生态猴区。

到了猴区，老王没见到多少猴子，倒是人比猴子多得多。走过栈道，旁边有拿竹棍的"安全员"守着，他们靠向游人兜售猴食物和"撮合"游人与猴合影赚钱。有一位先生被一只大猴抓住了裤袋不放，不管你说没钱，只是不放，"安全员"也不来赶猴。后来，可能那位先生一起的人给它买了一袋五块钱的猴食，猴子才松了手。

老王走过栈道，拍了几张照片，听说一起去的一位女士被一只老猴抓住了裤腰不放，结果"安全员"也不来管你，认钱给食，最终明白过来却已被猴子在腿上咬了一口。

老王后来想想，难怪有的游客说："安全员"比猴子讨食还要贪。看来，峨眉山上还真有人模人样的"饿鬼"，一不小心，游客也就成了"按钱怨"了！

成都宽窄巷子

成都宽窄巷子，是较有规模的清朝古街道，与成都大慈寺、文殊院并称三大历史保护区。

宽窄巷子，其实有三条巷组成：一条是宽巷子。说宽巷子，其实并不宽，仅有七八米光景。另一条是窄巷子，相对宽巷子来说更要窄一些。还有一条叫井巷子，也是一条和窄巷子相仿的小巷。三条巷子不长，是并行着的，好似一个"川"字。这些巷子，对于我们苏南人来说，都是小弄堂而已。

可这小弄堂里，名堂还真不少。弄里的建筑大都是一些传统民居。有川味火锅等的各式饭店，如"三块砖""隔壁子""点醉"等等；有各色酒吧、茶馆、会馆、书屋、商务会所，如："星巴克咖啡""散花书屋""四方街酒吧"等等，比比皆是。这里，有吃传统小吃的，有悠闲地喝咖啡的，有传统掏耳朵的，有吹传统糖艺的，有弹各式小提琴卖的，有自做自卖毛笔的，有涂成古铜色的人作行为艺术的，等等。走在巷子里，你能感受到各种吃喝玩乐的气息。同时，还能"打望"成都如云美女的穿梭，可谓是大快朵颐。

老王置身于小巷子，终于明白了，人们为什么喜欢抄小弄堂，原来抄小弄堂要比逛大街来得快乐。

注：抄小弄堂意为打擦边球。

老　陶

　　昨晚，老王梦见了二十多年没见面的老陶。

　　梦中，老陶和老王是在一户人家喝酒碰到的。老王背南朝北坐，老陶背西朝东坐。老王估计老陶已退休，随问道："你现在退休了吧？"老陶笑笑说："退休了。但还忙着。"老陶说着，指着桌边的一本杂志继续说："我还在教企业人员归档案的相关课程。"

　　老陶是老王20世纪80年代一起在乡工业公司工作的同事，至少年长老王一轮多。梦醒后，老王回想起老陶最有趣的一件事。

　　约在80年代末，老陶调到一家比较有名的乡镇企业当办公室主任。上任后，他和一位同学作为同事去看望老陶。老陶很高兴，并设宴请他俩吃午饭。老陶的领导知道后，也来作陪。

　　一桌饭从十一点半直吃到傍晚六点，老陶的领导喝了很多酒，已有醉意，关照厨房换一个包间，继续吃晚饭。后来，他和同学征求老陶的意见，老陶说："我知道你们坐不住了，但不能和我领导打招呼，否则你们走不掉的。"于是，他和同学偷偷地溜走了。

　　离开企业后，他和同学很是过意不去，倒不是吃了他的酒，而是让老陶受委屈很不是滋味。老陶本不胜酒力，席间，老陶几杯下肚就昏昏欲睡，不一会儿就闭上眼睛打盹。领导看到后，突然说道："老陶，喝酒。"老陶一个激灵，醒了，又勉强喝上一小杯。一会儿又打盹了。领导看到后，又说道："老陶，喝酒。"老陶又是一个激灵，醒了，又喝，喝了又打盹。几次三番，把老陶折腾得疲惫不堪。从此以后，他和同学再也没去看过老陶。

老王梦醒后，想了很久，越发想念起老陶来。看来，一个好朋友即使几十年没见，也会从记忆的碎片里跳出来，让人想念。

畅游九寨沟

九寨沟位于四川省阿坝藏族羌族自治区，海拔2000～3000米，属高山深谷碳酸盐堰塞地貌，是国家唯一获得"世界自然遗产"的"童话世界"。九寨沟的地下水富含大量的碳酸钙质，湖底、湖堤均可见乳白色碳酸钙形成的结晶体。九寨沟的活水泉异常洁净，经过梯形湖泊层层的过滤，水色更加透明，能见度达20米。

九寨沟景区的规划相当合理，每个主要景点都有景区站车点。游客有足够时间，不累的话，可步行细观其景；如时间不充裕，或觉得劳累的话，可以乘一站下来，看一下主要景点，再乘下一站，一路如此观看，省时省力。

老王搭一个同伴，从门口进入，乘站车直到纵深点箭竹海下车，一路沿栈道步行。游览了箭竹海瀑布、熊猫海、珍珠滩瀑布、镜海等。然后，乘车到诺日朗瀑布，看完景点，又乘车直往另一支纵深点去观看五彩池。再从五彩池乘车，直往犀牛海。之后，坐一站或二站看一站，游览了犀牛海、老虎海、树正群海、盆景海等景点。一路上把相机的内存卡摄了个满。

同团的人汇合到了出口，大家都感慨这里的风景秀美，也深感自己这次出行的运气不错，连续几天，都是夜雨白天放晴。在九寨沟，更是风和日丽，不冷不热，特别舒爽。

有一位团友，打电话另外组织去稻城、亚丁的一个团队。那团队不和我们一起来九寨沟，目的是想去开辟不久的旅游点，以为条件艰苦点，去的人少，风景更为好看些。可是，万万没有想到，那里整天云里雾里，根本看不到什么。

老王闻此，心想：人生也是如此，有些事情想得再多，也不一定是好，还要凭一定机运才行。

藏民家访活动

白天游览九寨沟风光。晚上，团队参加藏民家访活动。老王一行团队近二十个人，在导游的带领下，来了一户号称家族里出过两个活佛的藏民大户人家。

团队一行人进入藏民家的围墙，迎接团队的是一位漂亮的藏族姑娘。首先，她给团队人员介绍了一下院子里放着的经幡。并逐一为每一位朋友献上了黄色的哈达。据说，黄色哈达不是一般藏民家都有的，要有一定级别的人家才会有。老王弄不明白里面深奥的学问，只知道是特别尊重的意思。

进入藏民家还有一些礼节，老王拿着相机，只是瞎跟着走，也不去细会。这户藏民家很大，楼上楼下有好多房间。外面还有一块很大的场，可以载歌载舞。

走过木梯，团队一行被引入一个大客厅。客厅都是以藏家的风格装饰。团队一行沿着墙边围着坐定。一位藏家小姑娘为大家送上青稞酒、酥油茶、烤全羊、高原地宝等餐品。大家感叹，早知道有这么丰富的吃的东西，晚饭不要吃，直接来就好了。一位藏家小伙子为大家介绍藏家的风俗，先让我们学藏家的简单称呼，说藏家小伙子叫"色狼"（其实音为"索郎"）、小姑娘叫"色魔"（其实音为"索姆"）；说藏家女孩子结婚与未婚叫法还不同，说未结婚的"未摸"，结婚的叫"已摸"。

酒也喝了，羊也吃了。藏家小伙还请藏家小姑娘唱藏族歌曲，教他们说再来一个叫"也苏，也苏，也来苏"什么的。等小姑娘一曲唱完，大家都齐声大喊"也苏，也苏，也来苏"，疯狂了一阵，这也叫作快乐互动。

最让人快乐的是，团队里的一个小姑娘成了藏家小伙的"新娘"，新郎新娘穿着藏家服饰，牵着哈达，对歌；抱着小孩，你敬我爱，合影留念。新郎新娘，快乐的动作，可笑的样子，着实让大家又开怀狂笑，击掌不已。

最后，大家走出房间，来到一个空旷的场上，围着篝火，手拉着手，狂舞。

一个半小时的时间，大家都融入在各种互动的节目中，放松心情，狂欢。

回宾馆的路上，老王想：集体真是个大家庭，融入集体的互动活动氛围是幸福的，是异常快乐的。

游黄龙五彩池

游览九寨沟后，驱车来到黄龙所在县城。第二天早上，老王一行团队，就驱车前往景区参观黄龙五彩池。

黄龙位于四川省北部阿坝藏族羌族自治州松潘县境内的岷山山脉南段，属昆仑秦岭地层区，西秦岭分区，摩天岭小区，以碳酸盐沉积为主。黄龙丰富的碳酸盐喀斯特裂隙水，形成了奇特的钙华景观。

车子开到离五彩池二三公里的地方，老王一行人下了车，沿着栈道前往。蓝天白云下，前方岷山雪峰的雪宝顶，在阳光下闪耀着银光。

到了五彩池，老王和一位团友绕着池走着，在不冷不热，空气清新的暖阳下，欣赏着这五彩斑斓，层层透彻的滩池，许多游人都驻足登站造姿，引得咔嚓声不绝，乐坏了相机。

一路往回走，抬头遥望，前面的诸山酷似一位仰卧的美女，头、胸、臂、身毕现。全程共有七八公里。一路上，都是大大小小的彩池，溪水淙淙。落差高处，还形成莲花样的瀑布，直让人感叹大自然的鬼斧神工，无涯神奇。

快乐的脚步下，老王充满了幻想：要是有生之年，能够经常领略这大自然神奇的赋予，该是多美的事啊！可是，幻想下的理智又告诉自己：时间，经济，工作，家庭，等等，无不束缚着自己的自由，幻想的美好总是被无情的现实击碎。

老王再想想，生活在现实里，不能有太多无为的幻想。生活中除旅游还有许许多多的美事，如自爱的读书、写字、绘画、收藏、摄影、写作等等，何乐而不觅呢？

老王想到这里，好似肴酒灌肠，美女抚臂，浑身舒坦。老王沉浸在幸福的爱好中陡然明白：原来，快乐也是一种思想。

听郭德纲相声

老王父亲喜欢听相声。于是，老王和老婆，以及父母、妹妹一起来到老体育馆看郭德纲到常熟的相声巡演。

老王一行五人进入老体育馆，落座于中场的后半部分。听了几档相声，感觉声音低浊不清，内容无法听清楚。老王前排的人也都在说听不清楚，纷纷离场走了。

一个半小时后，老王一行五人也坐不住了，也匆匆离了场。

回家的路上，老王问父亲："你听得清楚吗？"

父亲说："很难听清楚。不如电视里听得明白。"老王想，这多半是音响的问题。俗话说："人一半，家生一半。"当今社会，可能家生还远不止一半呢。

老王继而想想，还不如父亲的一句话来得幽默而有回味："听今晚的相声，好像得了重感冒，再好的东西，也食之没味了。"

注：家生，是吴方言，就是工具的意思。

放　松

网络上，朋友说："好累，一天到晚烦。"

老王说："呵呵。关键你心境不好。"

朋友说："那我怎么样才能有好的心境？"

老王说："人无论处于何种境遇，都不能如老鼠一样生活，而是要如松树一样享受生活。"

朋友不解，说："怎么说？"

老王说："人活着，不能像老鼠一样，缩头缩脑，畏首畏尾，处处如临大敌似的紧张兮兮地生活；而是要像松树一样，无论生长在高山之巅，还是幽然深谷；无论是处于隆冬严寒，还是盛夏酷暑，都能巍然挺立，枝伸舒展，笑看云卷云舒。"

朋友不置可否地回答："噢。"

老王继续说："你知道这叫什么松吗？"

朋友说："不知道。"

老王发上一个笑脸，说道："呵呵，这叫放松。"

迷你猪

老王与朋友闲聊。朋友聊到了宠物，说："有一个朋友，喜欢饲养迷你猪。朋友从宠物市场买回宠物猪后，天天加以呵护喂养，时不时地还带出去溜猪。可是，好景不长，这宠物猪好吃好喝，几个月后，越长越大，一下子竟长到了一百几十斤。这哪里是迷你猪，根本是一头普通的猪。无奈，这朋友从小一把屎一把尿地拉扯，对小猪有了一定的感情，不愿意让人宰杀，但又苦于猪的食量以及体重越来越大，难于伺候，一时没有办法，竟找到了媒体诉说。"

老王说："呵呵，卖宠物猪的把买宠物猪的顾客当猪使了。"

朋友说："为什么？"

老王笑道："迷你猪，不就是把顾客当猪来迷惑吗？"

自 责

早上，老王驱车前往市区。车开到居民出入的小马路转角处，有一辆别克轿车停在路中央，无法转入主路。而这条小马路是居民出入的主要通道。

老王下车，问面店里的人停在路中央的车是谁的。有人指指里面。这时，一位蛮高大的中年男子端了一碗面走出取面处，准备吃面。老王继续问："外面这辆车是谁的？"

中年男子看看老王,说:"是我的。"

老王不悦地说:"你车是怎么停的?怎么可以停在路当中呢?!"

中年男子没有吭声,若无其事地上车发动,让出了道。

事后,老王一边开车一边想:这么小的事,我怎么能指责别人呢?

老王想了又想,感觉自己有点对不起那中年男子,不禁自责起自己来:我太没有素质了,这微不足道的小事,还指责别人,麻烦别人,让别人开车让路,自己为什么不倒车一二十米,掉个头,换个方向,多走二三百米,虽说麻烦一点,但总比麻烦别人要好。

老王想啊想,还是感到自己太没有素质了。

老婆的境界

晚上,老王老婆买了一只草鸡,放了蘑菇、青菜、鹌鹑蛋、枸杞子、西洋参片、银杏果煮了一锅鸡汤。

老婆对老王说:"分点父母吃。"

老王高兴地说:"好啊。大家分享,开心。"

可老婆又说:"算了吧,免得你父母认为我们不做人家。"

老王没有吱声。

吃晚饭时,老婆又说:"还是分点父母吃吧。否则太没人性了。"

老王又高兴地说:"好啊。"

于是,老婆盛了实实笃笃一大碗送到了父母那儿。

事后,老王想:老婆买了好的东西,总是要分一点我父母吃。原来,不这样,她会感到自己没有人性。一直以来,虽然,父母并不偏袒我们，但老婆还是坚持这样做着。想想，老婆的境界真是蛮高的。

注：做人家，吴语意为节约，节俭。

缺德和缺得

老王将《自责》的小文发在网上，一位网友回帖，意思说：有一次，他看到有辆车停在路中央，估量可以从边上钻过，可车上前去，正巧，那横里有一堆木料，木料上有一只洋钉，把车胎给扎破了。于是，他停下车来，换胎，还忘了带千斤顶，又叫人过来帮忙，搞了半个小时，一身汗，事情也被耽搁。后来那挡路车的主人出来了，他就勃然大怒地说：你车子怎么停的，停得不死不活的。车主人嘴里不干不净地嘟哝着，却与人一起钻进车就走了。后来，他去补胎，补胎的人说，破在横面，补不了了，只能换，换一个胎四百元。他气得肺都炸了，早知如此，要那个人赔的，至少能赔一半。现在说起来他还来气。

网友还说：又有一次，有个车也是这样子，在主要路口挡了路。这次，他一点都不含糊，上前就把挡路车的车牌给卸了。第二天，他舅过来向他要，原来那车主是到他舅家打麻将时停在那儿的。

老王看到网友的发帖，想告诉网友，遇到这样的事，往往两个人都是"缺德"的。

也许网友不明白，为什么两个都是"缺德"的？老王告诉他：一个是，车停在路中央，妨碍他人的进出，本身这样的行为是缺德的；另一个是，你指责停车人，骂停车人，也是一种缺德。要是你不与他人争执，自己麻烦点，倒个车，浪费一点汽油和时间，自己解决问题。那你成了"缺得"。自己解决问题，为什么叫"缺得"？因为，不与人争执，你失去的是汽油和时间。但本来可以节省的汽油和时间，然而却失去了，岂不是缺失了本不该丢失的"得"？

老王说到这里，不知网友是否明白了？假如明白的话，不知网友以后遇到这样的问题，是选择"缺德"还是"缺得"？

香蕉皮

晚上，老王与老婆、妹妹一起沿世纪大道散步。前面有一对老夫妻也在散步。突然，前面那位老大娘弯下了腰在捡东西。老王上前一看，原来，她为了防止路人摔跤，将一块路中间的香蕉皮捡起来，放到了大树底下。

老王一边走一边想，这块香蕉皮也是路人吃了香蕉而随便丢在那里的。一个是直着身子丢香蕉皮，一个是弯着腰捡香蕉皮。同样的一块香蕉皮上却折射出两种不一样的人生。

老王感慨，也顿然领悟：有的时候，低头弯腰的人远比仰首挺胸的人高尚。

轮 椅

一位即将退休的公务员领导与老王闲聊，说："好多人退休以后比较失落，有的退下来不久就生病，完全变了一个人样。我退休以后该怎么办？"

老王说："你在位的时候有没有帮助过企业啊什么的？"

公务员领导说："当然有啊，帮的还不少呢。"

老王说："那你受过这些企业的重谢吗？"

公务员领导说："我虽然帮过很多企业，但从来不受人家的贿赂。这是原则。"

老王说："那就好。那你退休以后找一把'轮椅'就可以了。"

公务员领导不解地问："我又不是残疾人，怎么找一把'轮椅'，倒什么霉？"

老王说："不是说残疾人，是'接财人'。"

公务员领导说："我再失落也不会去搞什么迷信，接什么财神，你不要看扁了我。"

老王说："接财人的人是人民币的人，不是财神菩萨的神。"

公务员领导还是不解地问："怎么说？"

老王说："你帮过那么多的企业，在位时又没有受过他们的答谢贿赂，企业是感激你的。现在你退休了，你找他们担任个什么顾问，继续帮他们做点事，既散了心，又拿到了应得的收入，也不违法，这样，你不就变成了'接财人'了？何乐而不为呢？"

公务员领导笑道："哈哈，原来，'接财人'是这个意思。那你说的'轮椅'又是什么意思呢？"

老王笑道："我说的'轮椅'的'椅'，说的是依靠的'依'。你帮的企业多，退休后，你既依靠这个企业，又依靠那个企业，这不是'轮依'吗？"

算　了

老王的同学所在的公司出了工伤事故，伤者的腿骨折了，进入市医院抢救。

半年后，伤者感觉腿部不舒服，去找原为他开刀的医生检查。医生说："没什么问题，很好。"又过了半年，伤者还是感觉不好，又去检查，医生说再动一下手术吧。于是，伤者又挨了一刀。

半年又过去了，伤者还是感觉有问题，又去找那开刀的医生检查，医生仍然说："没有问题，蛮好的。"

伤者回去又是半年，感觉还是不好。再去找那开刀医生检查。伤者得到的又是同样的回答："没什么问题，蛮好的。"

老王的同学对他说："你找原来开刀的医生，当然是说好的。还是换个医院查查看吧。"

于是，伤者来到了另外一个市属医院。检查的医生说："你还是去找原来医院的院长吧。"

伤者找到院长，院长查看后说："只能再动一次手术。"

同学对伤者说："还是去上海大医院去检查检查看吧，别在这里动手术了。弄来弄去空折腾人。"

于是，伤者在同学的建议下去了上海医院检查。医生检查后说："应该有希望能看好。只是已两年多了，校正难度很大，但我会尽力的。"

现在伤者已康复，基本上没感到有什么异样和不舒服的地方。

后来，伤者回忆，说："动第一次手术时，因为是半身麻醉，我听到医生在和库房通电话,说:'怎么送来的东西长了一点?'库房的人说:'库里没有那个规格了。'医生说:'那就算了。'现在想想,有点不太对劲。"

老王听完这个故事后,说:"医生说算了,可伤者的病痛不会没了。这样的医疗管理和医德水平,正是令人心寒。碰到更难治疗的病人,可能医生轻巧的说一句:算了。病人的命也就没了。"

老王同学说:"要是他老婆躺在手术台上,他就不会这样说:'算了'。"

老王笑笑说:"也会。"

老王同学说:"怎么会呢?"

老王说:"一是说惯了;二是说算了,就可以换一个啊!"

老王同学说:"她死不了呢,怎么换呢?"

老王笑道:"不死也没有监督能力了啊。有句话说得好:人到中年最大的喜事就是升官发财死老婆。没有监督能力的老婆也等于半死了,哈。"

爱情的力量

网友告诉老王,在五年读大专的时候,一起有五位好姐妹。毕业后,网友和男朋友分手了。因为,五姐妹中有个她和自己的前男友走到一起了。从那开始,她对网友如临仇敌一样,关系处得特别的僵。

有一天是她的生日,因为平时哪一个姐妹的生日大家都要在一起过的。因此,她不邀请网友面子上过不去。于是,她打电话给网友。网友回话,说不去了。后来,她的男友(网友的前男友)打了两个电话，非让网友去。网友就默默地去了。

网友有个绰号叫"呱呱"，是她给取的，读书时一直叫了五年。后来，因为网友和她关于破裂，就不再被人提起。

生日宴会上，只有网友是单身，其他的姐妹都带着男友。她碍于面子，无话找话地问网友："你怎么脸上长那么多痘痘？"

网友玩笑地说："因为我是呱呱，所以和蟾蜍是一家子。"

旁边的人一下子笑了起来，而她却没有笑容，闷闷地吃着她的东西，以为这是在讽刺她。

老王听完网友的故事感慨地说道："爱情的力量真大啊！"

网友不解地问道："是吗？"

老王说道："是啊！你想，为了爱情可以把多年的同窗好友变成仇敌，你说大不大啊？"

马影子

老王和朋友聊天。朋友说："最近，听说有一位KTV上班的小姐，她的小姐妹的情人是一位老板，她们经常在一起唱歌。老板出手大方，有的时候，三个月就花销二十万，说自己如何如何做大的生意。有一天，老板对小姐说，这几天公司需要一点资金临时周转，你有的话可以借我一点，很快就会偿还，并许以高额利息。小姐一听，觉得这个老板不像没钱的人，于是就拿出来八万元钱给他。可是，利息没拿到，连本金都泡了汤。老板一去而没了踪影。小姐气晕了，辛辛苦苦一年白干，蹎痛脚底心，只恨自己太贪心。原来，那老板大手大脚在小姐妹身上花的钱全都是以高利贷为诱惑骗的钱。"

老王听后笑道："又是一个马影子。"

朋友不解地问："什么马影子？"

老王说道："马的影子，一团黑，投影在地上，没有厚度，不是成了扁的吗？扁的马影子，你说是什么？"

朋友说："骗子。"

老王笑道："哈哈，生活中需要谨防马影子。"

眼镜片

平安夜那天上午，老王和老婆一起到商场购买手机，到了柜台，老王发现戴着的眼镜右边缺了一块镜片。老婆顿时大笑不止。

晚上，老婆和妹妹谈起老王掉镜片时绘声绘色地说："上午和老公去买手机，老公戴着掉了一块镜片的眼镜，十分滑稽，就像儿子上小学时，戴着掉了镜片的眼镜一样可笑……"

老婆边说边开怀大笑，连说老王滑稽，掉了镜片都不知道。

老王说道："原来掉镜片也是好事情，掉了也不亏。"

老婆说："为什么？"

老王笑道："能换来你多次的开怀大笑，比看滑稽戏还笑得有劲。"

老婆说道："这倒也是，但为什么说不亏？"

老王依然笑道："过几天再去配一副，比如买了二张观看滑稽戏的演出票，效果还没比我演出的好，真实，可笑。你说亏不亏？"

无　奈

　　朋友告诉老王说："我的同事不小心怀孕，早上请假，通过熟人去医院配药流之药。可到了医院，她却遭了很多的罪，明明B超出来，写得清清楚楚是早孕了，配药完事。可还是让她一会儿去验小便，一会儿去验白带，验血。按理说这些检查完全可以一次性开好的，医生却让她折腾；这也就算了，可她不明白，为什么白带查出来没什么，还配了瓶四十几元的洗液给她；还有，血型根本与药流没什么关系，还让她付了 10 元钱验血型的费用。就算这些都是合理的，可又为何不事先告知，弄得她一脸的不爽，迟到还挨批评。你说现在的医院损人不损人？"

　　老王听后笑道："医生，医'损'，名副其实啊。你以为从事高尚职业的都是高尚的人吗？"

　　朋友笑道："呵呵。医生，真是医'损'！"

　　老王说："现在的'合法扒手'太多了。"

　　朋友问道："什么意思？"

　　老王说："公交车上经常有扒手的话，公安的便衣就会跟踪，很快也就会把扒手抓获。可'合法扒手'就不一样，他不一定是个人行为，可能是一个组织行为，他想的也是怎么样把消费者口袋里的钱尽量多挖出一点，开给你发票，合法交税，逍遥法外，你说这不是一个'合法扒手'吗？"

　　朋友说："现在简直是没有王法了，这世道还有道理可说吗！"

　　老王说："道理？你看'理'字，左边是一个'王'，右边是一个'里','理'有的时候并不靠谱，王法和道理看上去不远，但毕竟有距离，即使不是千里，也起码是以里为单位。你去与之说理，那你就中了他的圈套了。"

朋友不解，继续问道："什么圈套？"

老王说："他们有饭有工钱，而你与之说理，没饭没工钱，他们可以和你耗。即使你赢了，你能拿回来几个小钱？值吗？况且，与之说理，不把你的心情搞坏才怪。好了。你生气，你心情不好，得了病，你不还是要找到他们，送钱给他们？这不中了他们的圈套吗？"

朋友说："那怎么才能不中他们的圈套呢？"

老王说："生活需要社会，而社会却永远存在不公，还是麻木一点的好。你同事是有点痛感的人，但自己琢磨一下，也就不痛不痒了，也就过去了。有些麻木，也是快乐生活的需要。"

朋友说："快乐生活固然重要，但无论如何快乐，生病也是难免的，也是无奈的啊。"

老王说："那挨'扒'也是无奈的啊。"

外　企

朋友告诉老王说："我原来的同事在一个外企搞设计工作，一天到晚说冷。"

老王不解问道："不开空调吗？"

朋友说："不准开啊，而且屋里一天到晚见不到阳光，还一本正经每天都要穿工作服。"

老王说："那多穿一点衣服啊。"

朋友说:"多穿一点衣服固然可以,但包得厚了行动不方便。"

老王说:"那总比冷好啊。"

朋友说:"说是这么说,女孩子么还是要讲究点美感的,所以喜欢穿得少。"

老王说:"那就没办法了。"

朋友说:"关键现在老板设计的活少了,都直接买成品了,而这些老员工又不好意思解聘她们,所以这样耗着,目的让她们自动离职。"

老王说:"那这老板还是蛮好的了。换了别的老板可能说不要你了就不要你了。每天还多少付点钱养着她们已经不错了。"

朋友说:"可这样心情不好啊。可恶的是,有'汉奸'一样的工头,看不顺眼她们,经常用眼瞟她们,说她们混日子,不干事,还叫老板不要为她们买意外保险,气人啊。以致老板也瞧不起她们了。她们还常挨批评,受气。"

老王说:"不要理会啊,每天上班去跺跺脚拿工资不是蛮好的。"

朋友说:"跺什么脚啊?"

老王说:"冷啊。没事干就去上班跺脚啊。"

朋友说:"说是这么说,关键这样的日子过得没有自尊。所以,我原来的同事说过了年准备不想干了。"

老王说:"自尊固然好,但确还要自争,想要到自己适合的地方去,必须要自己去努力,去争取。"

朋友说:"是啊,待在那里,老是受气,没啥意思。"

老王说:"呵呵,你原来的同事,待的是名副其实的外企。"

朋友说:"为什么?"

老王笑笑说:"受外国人的气啊!"

可怜虫

最近，老王在书房待的时间多了一点，老婆说："你老是待在书房里，还那么书呆子气。你这么努力，放在赚钱上该有多好啊！"

老王说："我们缺吃少穿吗？"

老婆说："当然没有。"

老王说："那我还把所有的精力花在赚钱上，岂不成了一只可怜虫？"

老婆说："没钱才是可怜虫。"

老王顺手拿起正在看的一本外国名著《红与黑》说："这本书的作者斯丹达尔说得好：金钱乃是独立生活的保证，故不能过少，过少可能被迫仰人鼻息；亦不可过多，过多则会逼得人成为因金钱而来的种种束缚的牺牲品。所以，我们不能成为金钱束缚的牺牲品。"

老婆说："你中书毒了。那你要成为什么？"

老王笑笑，继续说："我是吸收书中精神智慧的营养。这书的作者还有一句话说得更好：有才智的人应该获得他绝对的必需的东西，才能不依赖任何人；然而，这种保证已经获得，他还把时间用在增加财富上，那他就是一个可怜虫。所以，我们要成为幸福的精神幸运儿，不能成为财富的可怜虫。懂吗？"

母亲的奢求

老王的朋友在机关工作。春节期间,朋友的母亲从老家来看望儿子。朋友的姐姐、外甥女也来了,其乐融融。

可几天来,朋友不是同学就是朋友,没有一天好好在家陪母亲、姐姐、外甥女,以及自己的老婆、女儿一起吃顿饭。

一天晚上,朋友又喝了一点酒回到家,发现五个女人目光怪异,都有一种说不出的感觉。朋友是个聪明人,就对女儿说,因为这时只有女儿最能听自己的话:"你帮我拿件外衣来。"

女儿拿了外衣说:"爸爸,空调开着,不热吗?"

朋友调侃地说:"这里阴气太重。"转而,朋友又对母亲说:"妈,今晚我想单独和你说说话。"

朋友的母亲一听儿子要和自己单独说话,脸上阴云陡散,露出了阳光般的笑容,立即对儿媳、孙女、女儿、外孙女说:"你们都早点休息吧。我有话和儿子说。"

朋友一边听母亲不断地说话,一边不断地应承,并偶尔问问这,问问那。朋友母亲高兴极了,一会儿说,在老家,哪家的房子被拆迁了;哪家的老人不在了;哪家的孩子考上了重点大学了;哪家的孩子已结婚了、离婚了,等等,一直说过了半夜。

朋友的母亲,几天来郁闷的感觉一下子烟消云散,全部释放干净,关心地对儿子说:"你累不累?要不早点休息?"

朋友说:"不累。"

朋友的母亲就这样又说了一个多小时,无比愉悦的心情喜形于色。

朋友说完这个故事,感慨地说:"这就是一个母亲对儿子的奢求。"

老王听后,也感慨地说:"是啊!做儿辈的,陪父母经常说说话,吃顿饭,连这样的小小要求也成了父母的奢求。然而,就这小小的奢求又有多少人能真正做到啊!"

《梅花三弄》

老王和朋友们一起去钱贵唱歌。老王很少唱歌,仅点了一首《梅花三弄》。老王唱这首歌之前说:"你们经常说我喜欢做人低调,其实,也是受这首歌的影响和一些联想。"

朋友不解地问道:"什么影响?有什么联想?"

老王说:"等我唱完这首歌再告诉你们。"

老王唱完这首歌后,朋友就问:"这首歌与你做人有什么影响?什么联想?"

老王说:"'梅花香自苦寒来'。历朝历代,自古到今,梅花一直被人称颂。可是,有多少人知道它的缺点呢?"

朋友说:"真不知道。"

老王说:"梅花最大的缺点就是喜新厌旧。"

朋友说:"为什么?"

老王说:"梅花喜新枝,厌老枝。梅花在老枝上很少开花。因此,园艺师傅都要将陈年的老枝裁剪成20厘米左右长,让其在上面发新枝。这样,等到开花时节,梅花才能在新枝上绽放盛开。因此,每当唱起这首歌,想起梅花,我就想到自己,虽然人要如梅花一样怒放,但也要'三弄',这里的'三弄',就是要弄掉自己的霸气、傲气和藐视一切的坏习气。"

朋友说:"原来梅花还有这样的缺点,这还真不知道。有道理。"

老王笑笑说:"每个人都不是十全十美的,都有缺点,只不过多与少,大与小,主与次的关系。再灿烂的阳光也会投下阴影。因此,为人之道,何需那么霸气、傲气、藐视一切,不可一世呢?"

朋友也笑道:"原来你不仅做人低调,还有理论基础作指导呢!"

唠 叨

老王老婆谈起儿子,总要说老王不打打老师电话,问问儿子的学习情况;也不打打儿子的电话,问问钱够不够花?怎么花的?关照关照他节约用钱,注意身体,认真学习,等等。

老王警告说:"不用老是打扰他,偶尔问问就可以了。请注意,你已接近唠叨。"

老婆笑笑说:"唠叨又怎么样?"

老王说:"先讲个故事你听。有位瑞典生物学家在阳台上养了许多麻雀,他每天拿相机观察麻雀的动作。有一天,他发现一只总爱吵嘴的母雀叫起来没完没了,它的丈夫非常气愤,一爪子把它的嘴按住了。这个动作的照片被他拍到了,后来被刊登在报纸上,题为'闭上你的鸟嘴'。所以你也不要学那母雀哟。"

老婆笑笑道:"学又怎么样?"

老王说:"唠叨是在翻耕烦恼的土壤。"

老婆笑笑道:"翻耕又怎么样?"

老王说："翻耕只会在烦恼的土壤中生出烦草！恼棘！毒虫！"

老婆继续说道："那有没有花开啊？"

老王说："即使有花也是烦花！恼花！毒花！"

老婆乐乐地说："这花好看不好看呢？"

老王反问道："你说这花会好看吗？！"

妈

深夜十一点，网上朋友还亮着QQ头像。朋友问老王"还没有休息？"

老王说："出差在外，就晚点睡。你呢，怎么也没休息？"

朋友说："等儿子睡了再睡。"

老王说："好母亲。"

朋友说："当妈的都这样，不特殊。"

老王说："祝你'三八'妇女节快乐！"

朋友说："从小就不喜欢'妇女'这个词，因此，对这个节日也没感到什么。"

老王说："但我还是要祝你节日快乐的。"

朋友说："累啊，还能乐什么呢？"

老王说："你知道为什么当妈的累吗？"

朋友说："怎么说？"

老王说："女人虽没有当牛，但也得做马，所以才叫'妈'，你说能不累吗？"

朋友说："原来先人已给我们当妈的总结在文字间了。还好，没有当牛，否则，女人不知该有多累了。"

老王说:"你知道为什么吗?"

朋友说:"不知道。"

老王说:"不让你牛啊!"

男 人

老王把小故事《妈》发给还在网上还亮着QQ的朋友,朋友回了一个字:"牛"。

老王说:"你还没休息?"

朋友说:"瞎看看。好久不见,最近可好?"

老王说:"老样子,出差在外,所以晚上上网,平时,晚上我是不上网的。"

朋友说:"辛苦。"

老王说:"呵呵。当妈的累,其实做男人的也累吗?"

朋友说:"我在想有没有一个字是一个男加一匹马或一头牛的。"

老王说:"没有。其实,顶天立地还不算是男人的累吗?"

朋友说:"是吗?"

老王说:"男人顶地立天才是累。"

朋友说:"为什么?"

老王说:"先人也把男人总结在文字中间了。田是地,男人必须用力顶,你说累不累?所以,做人,不管是女人还是男人,都累。因此,人特别累的时候,有时也只会无奈说一声:累死人了。"

朋友说:"哈哈,有道理。"

老王说:"所以顶地立天的男人要比女人更累。除非……"

朋友说:"除非什么?"

老王说:"不做男人,不做女人。"

朋友说:"那做什么人呢?"

老王说:"做一个有靠山的人。"

朋友说:"有靠山不累吗?"

老王说:"不累。"

朋友说:"为什么?"

老王说:"成'仙'啊,做仙人啊!"

录 梦

老王做梦,梦到了同学。

老王做梦不奇怪,奇怪的是,老王做梦对同学的一段总结性的话。

老王的同学是江苏金龙科技股份有限公司的董事长,一个生产全自动针织横机,年销售好几个亿的企业老板,学校出来后,就一直从师学刨铣横机板,一步一个脚印发展起来。通过几十年的努力,他把一台针织横机做到了极致,其生产的"龙星"横机,可以把设计的各式各样的服装款式、颜色搭配输入电脑,可以直接把时装化的羊毛衫、羊绒衫织出来,不用一针一线缝纫,毫不夸张地说,只怕你想不到,不怕他做不到。现在,公司已成为国内许多著名大学的学生实践基地,公司产品已代表我们国家在针织行业领域中的最高水平。同学一心扑在事业上,不喜欢狂吃狂喝和嫖赌,虽学历不高,但他的文化品位还真不低。他业余喜欢收藏一些字画,常陶醉于高雅文化艺术之中。

梦中,老王对同学说:"努力并不一定成功,但成功一定是努力的结果。努力了，失败了，这样的人很多。然而，努力了，最终像你这样成功的是有，但很少，你是很少的成功者之一。"

老王梦中醒来，回味于这句话，虽然可能别人也说过这样的话，但在梦中，对一个老同学作总结觉得蛮有意思的。为此，录此梦语，聊以记趣。

魔　鬼

老王和老婆一起散步。路上，有外地人在吵架，围了不少人在看。老婆说："去看看，在吵什么？"

老王说："远离不文明之地，不要去看。"

老婆说："看看有什么要紧？"

老王说："魔鬼有什么好看的。"

老婆说："光天化日之日，哪来什么魔鬼？"

老王说："最近我看的书中有一句话说得好：魔鬼是不会吃亏的。你想，两个人吵得要打架了，他们都不愿意吃亏，不是'魔鬼'是什么？"

老婆说："那我也和你要吵架的，岂不也成了'魔鬼'了？"

老王说："我和你吵架，没几句就不吵了。我认为你有理，我就让你了；你让为我有理，你也就让我了。即使有的时候，我有理，我也会让你；你有理，你也会让我。最后，我们都愿意为对方吃亏，所以我们吵不起来，还是人，没变成'魔鬼'。"

老婆说："好吧，不看'魔鬼'。"

老王笑笑说："有的时候，幸福就是远离魔鬼。"

剩 女

朋友的女儿特别优秀，可三十有几还没有对象。朋友说："女儿宁缺毋滥，一定要碰到自己满意的才肯嫁。热心的人帮她介绍过几个，我看看都不错，她却不要。当妈的也没办法。"

老王说："看来，宁当剩女了？"

朋友说："有什么办法呢？听命吧。"

老王说："听命归听命，但思想上还是要有所改变，女生应当学学攀藤的牵牛花。"

朋友说："怎么说？"

老王说："攀藤的牵牛花，从幼苗逐渐生长成熟，就开始寻找坚硬的依靠，如树枝、花杆等，并沿着树枝或花杆等缠绕向上生长。到了花季，尽情地盛开。花季过后，其依然生长在缠绵的幸福之中，直到生命的最后。所以女孩子一定要找到坚硬的依靠，在向上蓬勃发展的同时，视野也开阔了，心胸也宽广了，幸福指数也就提高了。那么剩女呢，就像没有找到依靠的牵牛花，不能攀高，只能向着横向发展，即使地盘扩大了，好比人赚了好多的钱，但就是埋没在杂草堆中，心胸难于舒展，视野得不到提高，也缺少缠绵的幸福，其幸福指数就可想而知了。"

朋友说："道理是对的，但做到难。"

老王说："思路决定出路。明白了，也许就不难了。"

朋友说："嗯。"

老王说："人如牵牛，错过了花季，藤难缠，即使以后缠到了，但也没那么紧密、亲密了哟。呵呵。"

换　锁

老王老婆对老王说:"你妈妈趁我们不在,用我家的洗衣机洗脏衣服,怎么能这样呢?"

老王说:"这不是很好吗?说明婆媳关系好啊。"

老婆说:"太无顾忌了,我要把门锁换了,不让她进来了。"

老王说:"你先听我讲个故事。"

老婆说:"什么故事?"

老王说:"最近报纸上看到的一篇文章。说,汉和帝皇后邓绥,小时候聪明伶俐,十分懂事。五岁那年,年老眼花的祖母为她剪发,误伤了她的后脑勺。可是,邓绥居然忍痛不吭声。别人知道后很奇怪,问她痛不痛。小邓绥回答说:'怎么会不痛呢?可是祖母疼爱我,亲自为我剪发,我怎么能伤老人的心呢?所以就忍着没出声。'"

老婆说:"这是什么意思?"

老王说:"五岁的小孩尚知如何尊敬长辈,我们都年近半百的人了,难道连五岁的小孩都不如吗?"

散　步

晚饭后,老王和老婆一起沿着居家附近的大马路人行道上散步,走到一个十字路口,正巧遇到公司的一位司机路过,他慢车停下来，打开副驾驶车窗，副驾驶座位上坐着司机的老婆。司机开玩笑地说："终于抓住你了，你们还挽着手臂，蛮潇洒的啊！"

老王回之于笑，说："饭后百步。"

车子离开后，老婆笑着说："被他们看到了。"

老王说："这有什么呢，你是我老婆，又不是'小二'。"

老婆说："嗯，就是要这样。让他们看到我们，感化他们，让他们也夫妻恩爱。"

老王笑着说："那我们挽着手散步也变成了做好事了？"

老婆说："是啊。"

老王高兴地说："原来，做好事还有这种方式：让人羡慕。哈哈。"

回头货

老王去苏州出差，老婆说："带点回头货回来。"

老王笑笑说："那我们离婚吧！"

老婆瞧了老王一眼，笑道："离婚？带回头货怎么和离婚搭起界来了？你又要瞎说笑话了。"

老王说："回头货，顾名思义就是回头率高的货色。回头率高的货色，你说还有什么？不就是美女吗。带这样一个'回头货'回来，你说不离婚咋办？"

老婆笑道："不知道你有没有这个魅力？"

老王说道："当然有啊！"

老婆说："那你就带回来啊！"

老王说："可我早有'回头货'了。"

老婆说:"谁?"

老王说:"近在眼前,远在天边。"

老婆说:"你说是我啊!我可不是美女,已是黄脸婆一个了。"

老王说:"不管怎样,你还是有回头率的。不过……"

老婆说:"不过什么?"

老王说:"不过,那只是一个人的回头率蛮高。"

老婆说:"你啊?"

老王说:"难道还有谁啊?"

吃 素

老王的一个朋友说,有一个熟悉的人最近开始吃素了。老王不假思索地应道:"噢,离婚了。"

朋友惊讶地说:"你怎么知道的?"

老王说:"你告诉我的啊!"

朋友说:"我才刚知道,怎么是我告诉你的呢?"

老王说:"刚告诉我的啊!"

朋友说:"没说啊!"

老王说:"你不是讲吃素吗!离开了'荤',才会吃素啊!"

朋友恍悟道:"你真逗。"并问道:"那你喜欢'离荤'吗?"

老王说:"不喜欢。"

朋友说:"为什么?"

老王说:"玩荤(完婚)多好,为什么要'离荤(离婚)'呢?"

福　狗

老王问朋友："今天你怎么了，好像垂头丧气的样子？"

朋友说："我的幸福指数突然到了冰点，负增长了许多。"

老王说："为什么？"

朋友说："最近，经人介绍，到一位美女家去相亲，美女头也不抬，自顾自地和身上躺着的一条宠物狗玩耍。尽管媒婆把我夸到天上，其母女俩始终不太吭声。媒婆一看无戏，就岔开话题，以调节一下尴尬的气氛，就说：'这狗蛮好看的。'这时，美女的母亲插话了，说：'这狗狗是蛮好玩的，特别喜欢我闺女，晚上还和我闺女睡一起，但从来不到我们这边来睡。'媒婆说了几句赞狗的话。这时，正巧其邻居走过来，向着美女的母亲问：'这是你闺女的男朋友？'美女的母亲看了看媒婆，说：'不是，是她（媒婆）的亲戚。'你想，这话明显看不上我。唉，我看看美女身上的狗，突然感到自己还不如这条狗，这条狗还能天天和美女睡一起，我却不能，你说我的幸福指数是不是连狗都不如？"

老王笑说："哈哈。"

朋友又说："这狗，福气还真的比我好多了。"

老王又笑道："福狗。你却福不够。"

钓　鱼

昨天，空气迷茫，虽无直射的阳光，但还是异常闷热。

老王与四位朋友一起去钓鱼。一个上午，钓线的浮子极少有触动。渔场上的人说，今天气压低，鱼池缺氧，鱼都在上层水面活动，所以很难钓上鱼来。然而，就是一个上午，其他人一条鱼都没钓到，老王却钓了三条，一条一斤来重的鳊鱼，两条十斤来重的草鱼。

一上午，老王的钓线浮子就触动了二次，却钓上了三条鱼。首先钓上来的是一条鳊鱼，那是在垂钓近二个小时以后；午饭前，老王又钓上来两条十来斤重的草鱼。最有意思的是钓上的第二条鱼。那时，鱼钓的浮子一直一动不动地浮在水面上，有一条失去活力垂死的鲫鱼，张着嘴在水面上呼吸。老王心想，把钓饵放在这条鲫鱼的嘴边看它咬不咬食。正当老王拿起鱼竿的时候，一条大草鱼钩在尾肚上，被拉了上来。午饭的时候，朋友们都说："老王，你今天钓鱼蛮牛的。"

老王想：人一半，工具一半。你们都是装备精良，我却是最土最土的竿钩钓，却钓上了二十多斤鱼。

老王继续想：要是没有那条垂死的鲫鱼，也没有那一刻拉竿的想法，也就没有这样的巧事发生。要是，别人下钓在我的位置，也许最后一条草鱼，也是别人钓上来的了。

老王终于又进一步明白：不可预测的机运，有的时候比任何的准备更加重要。

拆迁（一）

最近，老王与某市拆迁办工作的朋友用晚餐。朋友说："拆迁工作是最不好的工作。"

老王问道："为什么？"

朋友说："拆迁难，难拆迁。拆迁误了时间，要受上级领导批评；拆迁总是得不到老百姓的满意，评议总是最差。"

老王说："那你们岂不成了风箱里的老鼠——两头受气了？"

朋友说："是的。碰到钉子户，工作中还要伤尽脑筋呢。"

老王说："怎么伤法？"

朋友说："举个例子：有一个吃百家饭的木匠，认为自家没有一人在政府机关、企事业单位工作，不受你们的控制，无论如何做工作就是不拆。"

老王说："嗯，那倒是也蛮难的，又不能强拆。"

朋友说："是啊，但不拆不行啊。"

老王说："那怎么办？"

朋友说："后来，我们对他进行调查了解，发现他喜欢洗澡后嫖娼。于是，抓住他嫖娼的时机，把他拘留到派出所。这下，他求饶了，怕家里人知道。而派出所的人则对他说，只要你村书记担保就可以。随后，派出所的人把村书记叫来。村书记对他说：'你呢把拆迁协议签了，我来担保，保证不让任何人知道。'就这样，把这个钉子户制服了。"

老王听后，说道："做拆迁工作还真要点智慧啊！"

朋友笑笑说:"没办法啊!"

老王也笑道:"你是有办法了,他才是没办法啊!"

拆迁(二)

老王边吃边和做拆迁工作的朋友继续聊。

朋友说:"拆迁的钉子户各种各样的人都有。"

老王说:"是吗?"

朋友说:"是的。有一个钉子户,是独身一个人。更是不受任何制压。三间破平房,评估出来几万元,他一定要50万元,否则就是不拆。"

老王说:"这倒是难了。"

朋友说:"就是啊。这个条件是不可能满足的,政策不可能波动那么大。"

老王说:"那怎么办呢?"

朋友说:"当然要想办法了。"

老王说:"这独身的人,有什么办法可想?"

朋友说:"我们想来想去,最后还是在'独身'这两个字上下功夫。"

老王问道:"怎么下功夫?"

朋友说:"我们请了一个人,帮他介绍对象,并约女方与他见面。女方了解他的情况后,对他说:'你总得有个新房吧,不见得让我嫁到你这三间破房子里来吧?'他想想也是,还是赶紧把破房子拆了吧,贴点钱,换一小套新房子。于是,他不再犟着不拆了。等到房子拆了,哪去找那个对象啊!"

老王说："这不是钓鱼执法吗？"

朋友说："没有办法啊！"

老王笑笑说："真正没有办法的可能还蒙在鼓里呢！"

山　竹

晚上，老王和老婆一起散步。回到街上，看到西边的水果店里有山竹。老婆对老王说："儿子喜欢吃山竹，东边的水果店里这几天没有看到过。"

于是，老王和老婆一起进了水果店。老婆挑了六个山竹，问女店主多少钱一斤？店主说："十八块"。老婆最后还价以十五元成交，一共付了二十二元。

老王和老婆走到东边的水果店，店主说山竹也有。老婆问店主多少钱一斤？店主说："十三块"。

老婆说："你这儿一直没有，刚才在西边的水果店买了，要十五块一斤。"

店主拿起老王塑料袋里的山竹说："这个烂了，不能吃了。"

老婆说："不会吧？"

店主说："不信打开给你看。"说完就把其中一个打开，果然烂了。

于是，老王拿着山竹回到西边的水果店给店主看。店主说："不是烂，是熟。"

老王说："是烂，不是熟，我不要了"。

店主说："你不要也没办法"，边说边退还了钱。

老王回去的路上，边走边想：难怪西边的水果店，经常散步走过的时候几乎没有什么人购买。而东边的水果店，一直挤满了人，这难道不是价廉物美占得先机吗？

老王再想想：有的时候，这些简单的道理谁都知道。然而，真正能做到的又有几个啊！

家中的院子

早上，老王在自家的院子里拍了几张花虫的照片。上网后，发给同学。

同学问老王："是哪里拍的？"

老王说："自家院子里拍的。"

同学说："你家院子很大啊，可以种很多花草？"

老王说："一般吧。"

同学说："我也喜欢花和鱼。以前，我特意请来了花匠，在我家院子里搞了一个荷花池，养了好多小鱼，池塘外还种了一片花草。后来为了搞三产把它填平了。"

老王说："搞什么三产？"

同学说："村上的人家都造了小房子租给外地人，就我一家没有。后来，挡不住钱的诱惑，我家也狠了狠心，把荷花池填平了，也造了三间小房，租给外地人，每个月租个七八百块钱。然而，这却换来的是脏乱差的环境。"

老王听后，叹道："我原来一直喜欢说'钱是上帝放出的一条狗，它既能逗你开心，也能咬你一口'这样的一句话；现在，我却想要说，钱既能让人创造美，又能让人损毁美。钱真是魅力和魔力同在，阴阳两重天啊！"

幸运石

老王从安徽宣城回家。老婆问老王："有什么回头货带回来？"

老王从包中掏出两块卵石放在桌上，说："有啊。"

老婆说："两块石卵子要来做啥？"

老王说："你不知道，这是宝贝。"

老婆说："不就是两块石卵子，有什么宝贝不宝贝的。"

老王说："你不懂，这是我从安徽月亮湾河滩上淘到的两块幸运石。"

老婆不解地说："幸运石？何来幸运？"

老王说："你想想看，河滩上到处是石卵子，为什么我偏偏挑上了这两块，要说比这两块品相好的卵石肯定有，可都不知道被埋没在什么地方，或者早已被人挑走了。你一定要挑最好的，那最终可能什么都没有找到。人生也如这卵石，平常的人不知有多少，被人看上的、重用的，只是少数。然而，这少数被看上重用的，并不是最好的、最有能力的，只能说是幸运者。最好的、最有能力的，你并不知道在什么地方，还有没有。因此，一眼被看上的，虽不是最好的，但也自我感觉不错的。所以，这两块被我挑到的卵石岂不就是幸运石吗？"

老婆说："弄不明白你的道理。"

老王继续说："再打个比方，找对象。你一定要挑自己十分理想的，甚至于接近完美的。即使有，也不知在哪个地方；或许也早已被人抢走。结果，你找来找去，等来等去，荒废了很多时间，把自己的青春都耽搁了，连本还可以看看的都被人家谈走了，你成不了幸运儿，也找不到幸运儿，何来幸运？"

老婆笑笑说："我嫁给你，你不是最好的，但一眼还能看上的，你就是我的幸运石，对不对？"

老王也笑笑道："你说呢？"

悼　诗

近来，老王常梦到老宅和儿时的玩伴。醒来后，老王不时慨叹岁月的易逝。如今，老王儿时的玩伴都日趋于老。

QQ同学群里，同学开玩笑说已想为自己写悼词。老王似乎被触动了敏感的神经，迅即为同学写了一首《一缕轻烟》的小诗：

轻轻地，你曾经来过，和我们一起读书，走过了青涩的少年；如今，迈入中年，你却轻轻地，化成一缕轻烟，让地上的人，泪流满面；你走吧，你安心地走吧，你耐心地期待，陪你的轻烟，也会很快燃起……

同学见后大笑，说："是不是之前为逝去的同学而写的？"

老王说："不是，是刚为你而写的悼诗。"

同学乐着说："那我死也瞑目了。"

老王说："时日易逝，好好珍惜活着的时光，珍惜同学之间的友谊，快乐每一天！"

同学开玩笑地说："是啊！但，死了也在天上等你们。"

老王说："死了，什么都没了。那时，不管你是亲人，还是好友、同学，都将是白灰一堆。你一堆，我一堆，谁也不认识谁。"

同学说："说得对。那咱们同学聚会，卡拉OK。"

老王网上发了一个"胜利"的表情，回说："OK。趁我们白灰还没成堆。"

中华第一剪

十一长假，老王随一起练习书法的朋友们去了一趟安徽泾县，参观了红星宣纸的生产厂，大概了解了一下宣纸从树皮到成纸的主要生产过程。

老王最感兴趣的是成纸车间的"中华第一剪"，一把大剪刀，两片刀剪宽阔扁长，如同画家笔下夸张的蟹钳。

车间里，一位中年女裁剪师傅，将整叠宣纸放在带有标尺的桌子边上，一手拉着将切除的废纸边，一手拿着大剪刀侧身向前推剪，五十来张剪一次，整叠纸剪四五刀就算完成一侧纸的裁剪。大家都十分惊讶，原来，这平整的宣纸都不是从机器上切割下来的，而是手工裁剪而成的。

朋友问裁剪师傅，学这一招需要多少时间。师傅回答说："要学八个月。"

老王心中慨叹，这么枯燥的活，要学八个月。看来提高水平就得靠重复劳动。原来，懂与动就是这么一个关系。光懂，不劳动，成不了事；懂，劳动得少，达不到高水平；只有在懂的基础上，不断地重复劳动，才能达到质的飞跃，才能实现较好、较高的水平。

简单的事情重复做就是成功。老王想想自己练书法，三天打鱼两天晒网，这道理自己似乎也懂，可就是推三阻四，为自己寻找种种没空的理由，以至这么多年来还没练出一手好字来。

老王再想想，其实每个人手上都有一把大剪刀，关键是怎么样把自己太多的杂念，太多的诱惑剪除掉。

道理似乎很简单，老王正想着自己该怎么来裁。

拉风箱式睡眠

早上，老王醒来，脑袋下垫了个靠垫，又呼呼大睡。老婆问老王说："你知道不知道自己还在打呼噜？"

老王迷惑中听到这话说："知道。我这是拉风箱式睡眠。"

老婆笑道："这比风箱还拉得响。"

老王说："拉风箱式睡眠是一个幸福的标志，拉得越响越好。"

老婆说："为什么？"

老王睁开一只眼睛，乐着说道："拉风箱式睡眠，一是说明我没啥烦恼，睡得着；二是，有质量的睡眠就是深度睡眠，'拉风箱'式的睡眠，常常为深度；三是，身边有人不厌其烦地聆听'拉风箱'，岂不更是福有所倚吗？"

老婆笑着说："好，好，那你就继续拉你的风箱吧。"

被"魔鬼"拥抱的池潭

昨天下午，老王和一起学画的小陆驱车前往虞山北块的龙殿去摄影。因为去得晚，龙殿山庄已关了门。

老王和小陆从龙殿山庄往回走，又向西来到一个如似爆破开采形成的一个池潭前拍了一会儿照。因为景色没有什么特别，人又极少，除一对情侣在拍婚照以外，偶见有一两个人在潭前驻足，所以也没有什么激动的地方。

去之前，老王上网查了，说这个潭里经常有人游泳被淹死，而且被淹死的都是会游泳的人。在网民的口气里，似乎这里有一种神秘的力量，有一种未解的谜。

老王想，还是先人比较聪明，对无法解释的神秘现象，都能用让人敬畏的上帝或让人诅咒的魔鬼来代替，并且将这个方法传承到了今天。

今天，老王整理昨天所拍的照片，竟惊奇地发现，自己的镜头里却逮到了一个躺在池潭里，双手伸展，仰头露牙，一副静目无视守候之神态的"魔鬼"，拥抱着整个绿得发青的池潭。老王想，难怪这里常有人溺毙，原来有"鬼"。呵呵，不管你信不信，老王找到了"证据"。因此，老王采用先人传承的办法，奉劝活着的人们，看看潭前竖着的"游泳危险"的牌子，看看躺在水中的"魔鬼"，就不再去冒险。

借"鬼"禁游，老王这一招虽然不知是否有灵效，但老王还是想亮出这一招。

老师的心经

老王在新加入的书法QQ群里与老师、师兄、师姐们聊天。师兄问老王，老师布置的画有没有画。老王回答说："画了。本来练习小楷的，因为方格宣纸上，墨脱不开，不好写，也不知道是什么原因，加水也没用，除非加到特别淡才行。所以，先画了画。"

老师和师兄都说了一些方法。老王只能回家再试试。

老师画的画挺棒。如今,她为了画上题款,字写得与画一样好,也在积极地练书法。

群里,老师说:"我写了一张心经,最后几个字居然写错了一个。"并发了一个流泪的表情。

师兄马上接着说:"可惜了。"

老师叹息道:"哎,要紧来看新闻。"

老王也接话说道:"证明还是一本正经好,不能开小差。"

老王心想:看来,做好一件事很不容易,要自始至终坚持,集中精力才行。否则,有可能就如写一张书法一样,一不小心写错了一个字就前功尽弃。虽然这个道理似乎自己早已懂得,但往往就是不当一回事。今天,老师无意中又为我上了一课,如似在对我说:"学画,学书法,千万不要前功尽弃哟。"

想想老师的心经,老王似乎又增强了行动的动力。

诱惑的力量

书法QQ群里,小陆在问,师兄中间,哪个年龄大,哪个年龄小?每文师兄说,那个是二,说自己是三。

小陆对每文师兄说:"八戒。不对,你是沙和尚。"

老王说:"三是,老北京餐馆里面是倒水的;二是,跑堂点菜的。到北京去一下老北京餐馆,第一次去是蛮有意思的。"

老师发了一个可怜的表情说:"我还没去过。"

老王说:"下次写生安排北京。"

老师说:"明年去西塘写生,到时候一起去。"

老王说:"有好地方,就去好地方,快乐是第一位的。"

小陆说:"要明年呢啊!西塘我都没去过。"

老王说:"我们还没基础,不急。"

老师说:"是的。"

老王说:"我们要早点去写生,还得卖力点学呢。"

老王聊到这里,想想同学们一起出去写生的快乐,好似回到了童年,又重新感觉到了诱惑的力量。看来,学习也需要诱惑啊。

油画脸

昨晚,老王在书房练书法。老婆过来看老王。一会儿,老婆对老王说:"你脸上毛孔粗来。"

老王说:"我是油画脸。"

老婆问道:"什么油画脸?"

老王说:"近看不好看,远看蛮好看。"

老婆狂笑不已。引得老王也快乐了一阵子。

老王乐过之余,回过神来,竟发现自己笔下的字也变成了"油画字",近看不好看,远看蛮好看。老王叹息道:"功夫还不到家啊!"

继而,老王想想,练书法无非是三部曲:从近看远看都不好看,到近看不好看远看蛮好看,再到近看远看都好看。也就是从"抽象画字"练到"油画字",再练到"工笔画字"的过程。

老王想到这里,又感觉蛮高兴,因为老王已达到了中间水平。

同时,老王也坚信,把自己练到"抽象画脸"的时候,定能够把字练成"工笔画字"。

一米线

老王同学的女儿,在美国留学,假期回国后,有一次,到肯德基店买早餐。同学坐在车上,让女儿自己去买。可是,同学等了很长时间,就是不见女儿出来。同学很是纳闷,走进肯德基店,见女儿拿着一本书,一边看书,一边还在排队。于是,同学问女儿:"人不怎么多,为什么到现在还没买到?"

女儿对父亲说:"我排在这里,老是有人插队。"

同学见女儿排队离前面一个人保持有一米远的距离,就说道:"你不能排前一点儿吗?"

女儿说:"一米线,在美国,我们都是这样排的啊。"

同学说:"这是中国,照你这样排的话,不知什么时候才能轮到你,除非你前后都没有人了。"

老王闻之,心想:原来中国的文明与美国的文明也是橘枳之别啊!生搬硬套也会莫名其妙地变味了。

(桔生于淮南为橘,生于淮北为枳。)

骂自己

昨天,老王和朋友在江阴,坐在面包车内,朋友看到车前有人骑着三轮车在乱晃。朋友回头对老王说:"之前,自己开车,经常看到别人闯红灯，就脱口骂：这个老棺材，找死啊！也有的时候，脱口骂：这个老猢狲，不怕死啊！现在想想都是骂的自己。"

老王问道："为什么？"

朋友笑道："骂完后，发现自己年龄比他大。这不是骂的自己吗？而且，自己骂他，他根本听不见。"

老王也笑笑，说道："是啊。所以，还是文明对待别人好。文明对待别人就是文明对待自己。"

活蟹活蟹

午后，QQ上，朋友说："刚做了个梦，纸箱里好多螃蟹逃走了。我四处抓螃蟹，它们个儿都小，但有一只个儿大，特别凶狠，青壳，三角形的外形，我记得它狰狞的面孔，似乎在说你敢抓我，我毫不犹豫把它给抓住了，是侧面抓的，没被咬住。不知道啥意思。你帮我看看呢？"

老王乐乐地说："难得你有求于我，我就帮你解一次梦吧。"

于是，老王开始为朋友解梦说："曾经你把自己的快乐囚禁了起来。就如纸箱里的好多螃蟹。现在，快乐终于逃走了出来。吴语中哇哈哇哈，就是大笑的声音，活蟹活蟹，就是哇哈哇哈的谐音，意思就是快乐。你四处抓逃走出来的螃蟹，就是你四处抓快乐。终于，你没有被伤害的情况下抓住了快乐，而且，你还抓到了很大的快乐。"

老王继续说："有的时候，快乐并不是完全以善面来出现，有一只个儿大，特凶狠，青壳三角形，面目狰狞的活蟹，那就是快乐的载体，逗着你的样子。你连这么凶狠的样子都不怕，那世界上还有什么可怕的，还有什么烦恼可怕的，还有什么快乐找不到？"

朋友高兴地发了大笑、强、胜利三个表情，说："活蟹活蟹。"

朋友接着又说："二十多年来，我一直都在看病住院，虽然现在和正常人生活一样，在常年保持吃中药的基础上，没有任何影响。但常常感慨，看多了医院里一个个病友的离去，感觉人真的好无力，好渺小。世界是美好的。真的活着是最好的。谢谢你给我带来的快乐。"

老王说："你的梦带给你的快乐。"

朋友说："你也带给我快乐了。"

老王说："但愿是。喜欢我解的梦，那也是我的快乐。"

朋友又发了一个憨笑的表情说："喜欢快乐！"

老王想：无论对他人，还是对自己，往好里想就是快乐。

做　戆

夜里，老王做了一个梦。梦中好似在总结自己的人生。睡在床上，似乎在对老婆讲，也似乎在自言自语："上半世人怎么样，下半世人怎么样；上半世人怎么样，下半世人怎么样。"这两句总结，老王只知道自己总结得相当到位，相当有道理。但醒来之后，就是想不起具体的话。只有最后一句总结没有忘记，那就是："上半世人十三点，下半世人仍要做戆大。"

第三句总结刚说完。梦里，突然，隔着厚厚的蚊帐，有一只只能感知，却无法看到的，如大狗般的想象中的动物踩着他的身子走过。他下意识地用手使劲一挥。不料，非但把自己挥醒了，也把老婆挥醒了。

醒来后，老婆说："怎么回事？"

老王说："做梦了。"

老婆说："做什么梦了啊？"

老王说："忘了。"

其实，老王清楚得很，只是不想说了。老王想：这梦无非告诉自己，人生要追求大智若愚，一辈子做戆，还真不容易。因为，人有许多习惯了的自我保护意识，让人无法做戆。

烈　马

昨晚，老王做了一个梦。梦中，满车的钢材停放着。一个日本男人向一个日本女人使了一个眼色，说："这钢材是中国人买了我们的东西换来的，把它拿走。"于是，日本女人开着铲车，铲着拖车后的钢材向前推行。这时，整个场景如电影般向上拉远，显现出的却是一辆马车拉着那钢材的拖车在马路上前行。

这时，日本女人放下铲车，干脆坐上拖车，拉了一下缰绳。马迅速转过头来，发现不是主人，却是一个日本女人。马暴怒，靠在路边的大树旁死活不走。马主人上前拉马，马还是不走。一会儿，马挣脱了缰绳，竟然跃向斜向河面的大树干上，并纵身跳入河中。马主人追赶上去，马在河中奔跑，又跃到岸上，并再次跃上大树干，跳入河中。

马在河中挣扎。马主人也跳入河中。可是，无论如何找，也见不到马的踪影。

老王正为烈马的暴怒而焦急紧张的时候，突然从梦中惊醒过来。老婆说："今天你不对劲，浑身发热。"

老王心想，要是现在量一下血压和心跳，一定比平时高了不少，快了很多。于是，老王对老婆说："我在梦中体会了一个成语。"

老婆说："什么成语？"

老王说："心潮澎湃。"

冷静下来，老王又想为自己解梦。老王思忖：这烈马见了日本人就发怒，主人拉它更为愤怒，说明那马对日本人十分憎恨。主人为日本人服务，更为激怒，宁愿自己去死，也不愿为日本人服务。老王想想：这马有民族精神。

想到这里，老王突然闪过一个词来，这是不是就是咱中国人的"龙马精神"？

戴　帽

昨晚晚饭后，老王老婆对老王说："我戴个帽子去散步。"

老王父亲说："戴帽子好，保温。邻居阿姨说：冬天，人就如热水瓶，帽子就如热水瓶盖子，不戴帽子如同热水瓶不塞塞子，头顶心里会散发掉热气，人会发冷。"

今晚犹如下雪的前夜，特别寒冷，走在路上，微风吹到脸上有些刺骨。这时，老王突然感觉到，好似父亲所说，头顶心里热气直散。

老王边走边想：自己年近半百，也是"十三点"以后的时段了，属于午后多时的时段了；从正常平均年龄80岁来说，20年一个季节的话，也是中秋时节了，也该好好保养自己了，也到了减少"出头露面"的时候了。

老王又想：春天、夏天、秋天，热水瓶不盖塞子不要紧，喝点凉水不碍事，但到了冬天再喝凉水就不好了。看来，自己退休后，进入人生中的冬季，一定要抛掉工作中所有的"帽子"，戴好生活中的"帽子"。

修下水道

　　元旦。晚饭前，老王老婆想要叫专业疏通下水道的人来疏通屋外不畅的下水道。老王父亲说："等天暖和一点儿，我自己来弄一下，犯不着让他们宰一刀。"

　　老王说："为什么？"

　　老王父亲说："之前，也有一家人家，请了专业老师傅疏通下水道。老师傅派了徒弟去。可是，一会儿徒弟高兴地回来了，说修好了。师傅却很不高兴地说：你怎么这么早回来了，不弄到晚上回来。你这样怎么叫我向客户算账？"

　　老王想：原来，父亲是怕生意人磨洋工，挨宰。但是，有些事情并不是自己都能弄得来的，那还得请专业人士来弄。买的总没有卖的精。看来，挨宰不挨宰全凭生意人的职业道德了。

　　老王再想想：这磨洋工能上升到职业道德吗？为什么不说这是智慧经济呢？

生女孩好

　　老王与儿子的同学的母亲在网上闲聊。老王的儿子与同学都将要去国外自费留学。儿子同学的母亲说："看着别人几千元、几千元的自己买衣服，我们只能省了。"

老王说："没办法，自己舍不得花，为儿子大把大把地花钱。"

儿子同学的母亲说："要是生个女儿也许就好很多，至少不用操那么多心。"

老王说："生女儿肯定好。"

儿子同学的母亲说："为什么？"

老王说："我在想中国的文字，先人早已在文字中说明了这个问题。父、母、爷、奶、女，总有一个规则与不规则的口，有的是开口的，有的是不开口的。俗话说，财富是水。只有父、母、爷、奶、女，总能积存一点儿财富，唯有'儿'这个字，水从上往下倒是个无底洞，永远也不会溢满。所以，还是生女孩好。"

儿子同学的母亲说："是啊，你讲得真有道理。"

老王说："生男生女就是不一样啊！"

得道成仙

傍晚，老王与老婆散步。老婆说："你一天到晚像温吞水，缺乏男子汉顶天立地的霸气。"

老王笑笑说："男子汉不是顶天立地，那只是虚夸。"

老婆说："那男子汉该是什么样子的？"

老王说："男子汉该是顶田力地。"

老婆说："为什么？"

老王说："你看男子汉的'男'字，下面一个'力'字，上面顶着一个'田'字，这不是顶田力地吗？"

老婆说："哪有什么意思？"

老王说:"先人的文字皆有一定的道理所在。这个'男'字意思是说:男子汉应该着力支撑耕耘自己的一方田地。但不管如何,总是一场空。你看那'男'字上面的'田',有四个空,意思就是四大皆空哟。"

老婆说:"那女人呢?"

老王说:"女人也一样,你看女人的'女'字,中间也是一个空,叫全堂空。因此,无论男女,总是一场空。"

老婆说:"你这样解释,岂不是太消极啊?"

老王说:"不消极啊。要活得有意思,那就要都做善事。只有做好事,才会感觉快乐。而且有意义。你看那个'善'字,上面一个'羊'字,意思做人一定要像羊一样柔善,你看那左右两个点,就像人的两只眼梢上扬快乐的眼睛;下面一个口,就像人的嘴巴。先人造字的时候,就告诉我们,做善事才是最快乐、最有意义的事。"

老婆说:"那到头来不是还是全堂空吗?"

老王说:"那要看每个人的造化。"

老婆说:"怎么说?"

老王说:"做善事积德,积善成德。"

老婆说:"那不还是空吗?"

老王说:"你听我讲下去。你看那'德'字,右边上半部分由'十''四''一'组成,用小写连在一起就是'1041';右边下半部分是一个'心'字;而左边是一个双人旁,意思是说:做善事要有传承,在做善事的基础上要带动别人一起做善事,所以一定要以一带一,不断传递。否则形不成德。那么要做多少善事才能形成德呢?那至少是两个人一生当中要做1041次善事,也就是说,一个人至少要做520次以上的善事。"

老婆说:"你变成了拆字先生哉。"

老王笑道:"这是有道理的。"

老婆说:"有什么道理,还不是一场空吗?"

老王说:"你听我继续说。有了德,才能积德成道。'道'不是随便哪个人都能得的。你看那'道'字,走之底上面一个'首'字,'首'是什么意思?就是头,就是脑袋。因为人的灵魂就是在脑袋里,因此,得道者才能最终带走自己的灵魂。"

老婆说:"那得不到道的人,岂不没有灵魂了?"

老王说:"那就变成魔鬼。"

老婆说:"那有了道,灵魂带到什么地方去?还是一场空啊!"

老王说:"古人说:得道成仙。只有得到道的人才能最后成为仙人。你看那'仙'字,单人旁一个'山'字,意思是说,只有成仙后,人才能找到一劳永逸的靠山。"

老婆说:"哈哈,那你也得多做做善事。"

老王说:"非但要做善事,还要带动别人一起来做善事。"

老婆笑笑说:"好,那我们一起去找靠山吧!"

顶端劣势

晚餐后,老王和老婆散步。老婆突然对老王说:"我发现,你从来不说你父母不好的,难道你父母做的都是对的。"

老王说:"父母的缺点你也知道的,这是几十年来养成的习惯,不是靠说能解决问题的。然后,这种缺点,对于家庭来说,你不去理会,也上升不到实质性的问题,影响不了什么。反而,你要去计较,倒要有影响了。"

老婆说:"什么影响?"

老王说:"你想,你说他们,他们不但改变不了,反而更加固执,你也不高兴,他们也更不开心。这不是两败俱伤吗?其实,不计较也是对父母的一种尊重。"

老婆说:"你尊重父母我不反对,可我呢?"

老王说:"其实,你不计较父母,你也有好处。"

老婆说:"有好处?"

老王说:"是啊!我有个家庭理论,叫作'顶端劣势'。"

老婆说:"什么顶端劣势?"

老王说:"你想,我们都不计较父母,他们活得很开心,这对于老年人来说特别重要。他们身心健康了,自然能活得长寿。"

老婆说:"这和我有什么关系?"

老王说:"当然有啊。你想,父母长寿了。我们会感觉到自己还年轻。"

老婆说:"可能吗?"

老王说:"是这样啊。父母在,或者说有上辈的人在,我们就是不会感觉到老,至少对于上辈的人来说,依然是年轻的。要是上辈的人都不在了,意味着接下来将是轮到我们离开,从心理上来说也是不一样的。这就叫顶端劣势。所以啊,尊重父母,尊重长辈,让上辈的人都活几年,我们就多年轻几年,何乐而不为呢?你说和我们有关系吗?"

老王老婆听后,高兴地说:"那我们算是中端优势了。"

老王说:"是啊!还是让我们多霸占一点中端优势吧!"

儿子的合影

老王儿子去日本读书。一大早，老王和老婆把儿子送至浦东国际机场。机场上，老王在儿子的一个浙江同学的母亲的提议下，让他们四个去日本的同学合个影。于是，老王用手机拍下了他们四个同学的照片。

老婆看了儿子和他们的合影，对老王说："四个人中，儿子的个子最矮。"

老王说："一米七的个子，已超过了我们不少，不错了。再说，个子矮并没有什么不好。"

老婆说："个子高点，更神气。"

老王说："俗话说得好：杨树虽高空长大，桂花虽小满园香。人只要活得有自信，矮小点又有什么影响呢？"

老婆开玩笑地说："你自信吗？"

老王说："我蛮自信。其实，小，常常被人们称颂。"

老婆说："什么称颂？"

老王说："俗话说：船小掉头快；人小只要乖，刀小只要快；等等。你看，人家进庙门拜佛也是拜小不拜大。"

老婆说："为什么？"

老王说："人家进庙门，拜佛祖或观音菩萨，出门时再拜更小的韦驮，却很少有人去拜两旁高大威猛的四大金刚。你说，人生在世，追求空高何用，还不如活得自信自在，何苦小而不乐呢？"

读后感

最近，读到一则《身剜千洞燃千灯》的敦煌壁画故事，故事的大致内容是这样的：

古印度有个国王，治国有方，人们丰衣足食，安居乐业。有一天，国王想：自己虽为一国之君，富甲天下。但毕竟是过眼云烟。于是，国王便传令向各属国招高贤之士传授妙法真言，意使百姓永无灾难，长享富贵。

有一个久居深山的婆罗门，名叫劳度叉，闻之立即下山来到王宫。国王闻报劳度叉有妙法真言，便亲自出宫迎接，施以重礼。

劳度叉摆着臭架子，而国王却恭恭敬敬，恳求他说："我求法心切，请大师将妙法真言教授于我。"

劳度叉冷笑着说："陛下求法心切，可知我深山修道的艰难吗？几十年风餐露宿，日晒雨淋，受尽辛苦，好不容易才学到，你想白听吗？"

国王说："大师请放心，我有言在先，谁能讲授真言，满足他的一切要求，决不后悔。"

"君子一言，驷马难追。真实我什么东西都不要，只有一个小小的要求……"劳度叉狡黠地盯着国王欲言又止。

"什么要求，大师请讲。"

"要在你身上剜一千个洞，点一千盏灯！"

"还有什么要求吗？"

"没有了。"

"好。"国王毫不犹豫地答应了。并约定七天后照办。七天里,国王向属国报信,并安排好国事,不管三万夫人和五百太子如何哭劝,不为所动。

第八天,劳度叉如期来到王宫。铁石心肠的劳度叉不顾众怒,抽出尖刀,在国王身上密密麻麻地剜了一千个小洞,每个洞内放了一根灯芯,正要点燃,国王从容镇定地说:"大师且慢点火。"

"怎么,你后悔了?"劳度叉凶狠地说。

"不后悔。"国王坚定地说:"请大师先讲妙法真言后再点灯,否则,烈火焚身,命丧黄泉,我就听不到大师的妙法真言了。"

"好吧,就依你。"劳度叉点头晃脑地念起了真言:"常者皆尽,高者必堕,合会有离,生者有死。陛下,听明白了吗?"

"听明白了。"国王回答。

"好,那我就不客气了。"劳度叉立即点燃灯芯。烈火汹涌,笼罩了国王的全身,惨不忍睹。

国王的献身精神惊天动地,连九天之上的天宫也晃动了。各路神仙向下界探望,见之皆感动得泪水直流。泪水如倾盆大雨直泻,浇灭了国王身上的火。众仙女翩翩起舞,将五彩缤纷的鲜花撒向人间,落在国王的身上。

雨过天晴,帝释天下界,来到国王身边,问他说:"陛下舍身求法,剜千洞,点千灯,痛苦至极,难道一点后悔也没有吗?"

"绝不后悔。"国王斩钉截铁地说。

"陛下嘴上虽这么说,可你浑身颤抖,疼痛难忍,谁能相信你不后悔呢?"

"请苍天作证!"国王指天发誓说:"如果我有丝毫后悔,千疮百孔之体永不愈合;若无悔意,让我的身体恢复如初。"国王话音刚落,身体即恢复如初。这时人们欢呼雀跃,互相拥抱,庆贺国王身体康复。

上述故事，虽属神话传说，但读之颇有感慨：有些好人好事也是通过坏人坏事来实现的。生活中常常会遇到一些不如人意的事，然而谁能知道这不如人意的事也许并不是一件坏事呢？

猫头鹰

老王学习绘画，画了一只一只眼开一只眼闭的猫头鹰。老王老婆说："画这个不好。"

老王问道："有什么不好？"

老婆说："眼开眼闭有什么好的。"

老王道："这，你就不知道了。"

老婆说："眼开眼闭不见得好到哪里去。"

老王说："这你就不明白了。眼开眼闭是一种智慧。"

老婆说："什么智慧？"

老王说："我曾到一位德高望重的画家顾老师家里，他给我讲过一个自己亲历的故事。"

老婆说："什么故事？"

老王说："几十年前，顾老师家翻建楼房。农村有一个风俗习惯，到上正梁的那一天都要办树屋酒，而且乡邻们都要来帮忙。那天，顾老师偶然得知，让乡邻买来的大鱼，一个乡邻在石驳岸里偷偷地藏了一条，目的是等天黑后拿回自己的家。晚上，顾老师想了一夜，到底要不要戳穿这个事？最后，顾老师还是决定让那乡邻把鱼拿走。当时，我问顾老师，为什么要让他拿走？顾老师说，俗话说：乡邻好，赛金宝。我让他拿走，只当不知道这个事，他只是占了我一点便宜，要是不让他拿走，他一定明白我知道了这个事，便会留下不愉快，甚至于发展暗对结仇，权衡利弊，还是让他拿走好。所以说，眼开眼闭是一种智慧。"

老婆说："俗话说：做贼偷葱起。这不是助长他的贼心吗？还说什么智慧。"

老王说："固然你说得也对，但有些人只是爱占别人的小便宜，至于他是否发展到触犯刑律的贼，那就不得而知了，假如他真正发展到触犯刑律，自有他的下场。爱占便宜的人，不是你点穿了他一次就能大彻大悟的，就此为止的，以前农村里的人素质相对要低一点，你点穿他，他不会感激你，反而却会结怨你。"

老婆说："那倒也是。"

老王说："眼开眼闭还有更大的智慧呢！"

老婆说："什么更大的智慧？"

老王说："一只眼开，一只眼闭，看上去似乎漫不经心，实际上并不是这样。"

老婆说："那是什么样？"

老王说："你看木匠，拿起木料看是否斧得直，刨得平，都要开一眼闭一眼，为什么？因为这样才能看得准。"

老婆说："那你是不是猫头鹰？"

老王笑道："一眼开一眼闭的猫头鹰，就是大智若愚的象征，我还要不断努力学习呢！"

黄布林

傍晚，老王的妹妹和老王的老婆一起散步。

老王老婆对老王妹妹说："昨天晚上，你哥和我散步回家，在水果店里花了 10 元钱买了 4 只黄布林，说没吃过这东西。另外又买了几个桃子。回到家里，我分给了公婆每人 2 个桃子，你哥就问我，黄布林呢？我故意说：给了桃子就可以了。你哥却生气地对我说：全部都给！我说寻寻你开心，你这么当真。你哥说："桃子便宜你就给桃子，不行的。你想想看，你哥对父母多么孝。"

老王妹妹开玩笑地说："当心小阿哥把你休掉了。"

老王老婆回家后，把妹妹的玩笑话告诉老王。老王说："我是一不做，二不休。"

老王老婆说："什么一不做，二不休？"

老王说："一是不做不孝之事，二是不会离开你。"

老王老婆说："给了桃子，不给黄布林，不会是不孝吧？"

老王说："计划给父母吃的，你改变主意不给，那也是不孝。什么是孝，不是你给父母吃饱了就算孝，你给父母吃好、生活好了才是孝。有的子女把自己吃剩的东西，或者是不好吃的东西给父母吃，好吃的都留给自己，你说这是孝吗？"

老王老婆说："有下辈子的话，我也想做你的父母。"

老王说："我现在不是也把你当父母一样待着吗！"

用 人

一位朋友，孩子已有五六岁了，因为公司不景气，待遇又平平，于是辞职了接下了公公经营的传统作坊。

今天，朋友在 QQ 上说："我累死了，不想干了。"

老王调侃地说："哈哈，老板不好做吧。"

朋友说："什么老板！搞得跟机器人一样没得休息，还要天天晚上 10 点钟回家，钱又赚不到，我一个人干三个人的活，真吃不消。哎……郁闷至极，头痛。"说完，朋友还发了个流泪的表情。

老王说："那你招三个人你不就不用干了吗？"

朋友说："不可能招三个人。"

老王说："那是你只能自己吃苦。"

朋友说："招了人，更赚不到钱了，人工贵啊。"

老王说："招了人不是光叫你发工资的，要帮你减轻负担，增收的啊。"

朋友说："难呢。"

老王发了一个龇牙的表情，说："你不用人，那你就得做用人。"

化妆品

早上，老王老婆对老王说："今天怎么上班这么早？"

老王笑笑说："赶紧去赚点化妆品。"

老婆纳闷，晚上散步时遂问道："今天上班时你说去赚点化妆品，你平时又不涂脂抹粉，什么意思？"

老王笑而不答，用右手食指和拇指连续摩擦了几下。

老婆疑惑地说："钱？"

老王答道："你真聪明。"

老婆说："赚钱与化妆品有什么关系？"

老王说："人民币是最好的化妆品。"

老婆说："为什么？"

老王说："你想，一个人赚不到钱，到处发愁，往往会身心疲惫，脸色缺乏精神而苍老。而一个人越是能赚到钱，心情也会越好，走起路来也精神，朋友面前也有面子，脸色自然好看，神气。所以，人民币是最好的'化妆品'，赚钱是最好的'化妆'过程。"

老婆说："那有的人赚了很多钱，也并不见得脸色好看到哪里。"

老王说："那一定是'化妆'过度，无异于毁容。"

老婆说："为什么？"

老王说："你想，为了赚钱，超出了自身的能力范围，不拖垮自己才怪呢！这么'化妆'，无异于搞丑自己也。"

服　帖

晚餐时，老王老婆对老王说："现在社会上，离婚的人越来越多。我想，一个人的生活是蛮难过的。"

老王说："是的。婚姻是需要经营的。"

老婆说："怎么经营？"

老王说："这里我先说一个关键词。"

老婆说："什么关键词？"

老王说："服帖。"

老婆说："什么意思？"

老王说："婚姻中间，夫妻俩只有互相信任，彼此才会在人生的旅途中风雨同舟，同甘共苦，彼此之间才能走得越来越贴近。这就是服帖。也就是说，彼此相互信服，你服他，他服你，两个人之间才会贴得越来越近。"

老婆说："是吗？"

老王说："是的。企业也一样，老板信任员工，关心员工，多为员工着想，而员工也为老板着想，努力工作，老板就不会辞退员工，员工也不会辞掉工作。老板和员工之间的隔阂就会越来越少，彼此才会走得越来越近，这也是服帖；官场也是如此，当官的处处为百姓着想，清正廉洁，百姓自然信任官员，而百姓反过来也会体谅当官的做好事不易，彼此之间也就有了一种信服的关系，那么，当官的和老百姓才会走得越来越近，这也是服帖。"

老婆说："那经营不好蛮多的呢？"

老王说："这里我再说一个关键词，叫'物踢'。物质的'物'，一脚踢的'踢'。"

老婆说："又是什么意思？"

老王说："上面讲的是精神层面的'服帖'，现在讲的是物质层面的'物踢'。如果婚姻当中太注重物质，今天你老公赚到钱了，我就对你好。有一天，你赚不到钱了，我就对你不好，处处给你脸色看；同样，老公没钱的时候，把老婆当作宝，一旦赚到了一点钱，就把老婆以丑八婆、黄脸婆来嫌弃她，那这样的婚姻，过度建立在物质的基础上，最终的结果难免被占优势的一方所踢，离婚，这就叫'物踢'。企业也一样，你做老板的，对员工一点都不关心，只把员工当作自己赚钱的机器，而员工呢，也必视老板为'周扒皮'，怨恨在身，工作自然不努力，不认真，企业的发展就会受到阻碍，发展到一定程度，那就是老板辞去员工，员工也要跳槽，这也叫作'物踢'；同样，当官的也是如此，你把老百姓当作愚昧的刁民，只想利用自己手中的权力，为所欲为，捞取钱财；而老百姓呢，也把当官的当作地霸或者说欺压百姓的腐败分子，那么最终的结果，当官的也与百姓走得越来越远，这也就是'物踢'。"

老婆笑笑说："那我们呢？"

老王回之一笑，说："我是弥陀，你是膏药，膏药贴在弥陀上——服帖！"

成功之母

老王打开 QQ，发现空间里有一个心情漂流瓶，打开一看，两个小时前，对方写了四个字："太失败了。"

老王想了想，就回了五个字："你有母亲了！"

不久，对方回话说："什么母亲呀？"

老王发了一个龇牙的图标，答道："成功的母亲呀！"

幸福是什么

老王学工笔画花鸟已有一年多。最近，老王边学画宋人小品，边学习自己创作。

一天雨后，老王自家院子里用手机拍到了一张癞蛤蟆的照片，便突发奇想，欲把这蛤蟆变成自己的画。

老王网上一查，工笔大蛤蟆没有，似乎感到别人可能没有画过这样的画，于是更增添了创作的信心。因为，除了学习外，自己一直喜欢画别人没有画过的画。

连续几个晚上，老王从勾线，染色，到成画，认认真真摸索，终于完成了首幅自创作品。

老王巧识一位著名画家，便将大蛤蟆送到著名画家的工作室请教，得到了画家的热心指点。回到家后，老王又重新开始创作第二幅蛤蟆画。

夜里，老王画兴正浓，老王老婆从客厅走到书房，送上一杯自制的枸杞加红枣的热茶，说让润口提神。

老王放下笔，喝上一口热茶，望着老婆，心想：我不就是一只自己笔下的癞蛤蟆吗？只不过自己是一只能吃到天鹅肉的蛤蟆而已。

想到这里，老王的幸福感油然而生，顿然悟出什么是幸福来，想想，幸福不就是让时光缓缓地流淌在爱和自己热衷的爱好里啊！

出租司机

有一天，老王打车去公司上班，刚坐上的士车，车子才跑出十多米远，司机就带着客气的口吻问老王："老板，能不能请教一个问题？"

老王说："你说。"

司机说："你说我以后再碰到这样的事该不该做？"

老王说："什么事？"

司机先把问题抛出，然而接着说道："今天，我有一个乘客，把手机忘记在我的车里。乘客发现手机掉了，便用别的电话打过来，我听到有手机声响，我知道是客人忘了的，便接了电话。"

老王说："那你去还了吗？"

司机说："哎，碰到一个不讲道理的主。"

老王问道："为什么？"

司机接着说："我接那个电话的时候，我已接上了另外的客户，我便对他说，等这个客户送走了，我再把手机送过来，你付一点我送过来的打车费用就可以了。那人一口答应，说送过去付我一百元钱。"

老王又问道："那他给了吗？"

司机说:"给了就没这个事了,就是不给。"

老王继续问道:"为什么?"

司机说:"到了那里,我也不要多,按照实际我送过去的路付个一二十块,竟然他一分钱也不给。"

老王说:"那你手机给他了吗?"

司机反问说:"你说我要给他吗?"

老王没有作答。司机又说:"我和他争执了一会儿,他还是坚决不给,非但不给,还说这是我们应该做的义务。你说,我们贪早摸黑,一天到晚,这么辛苦,也不过赚一点小钱。而他一看就不是没有钱的人。"

老王还是一个劲儿地问:"那后来呢?"

司机说:"后来,当然我是不会给他的。我对他说,我把手机送到派出所,你自己去拿吧。"

没等我插话,司机接着说:"我也不是不讲理的人,收不收钱也要看情况的。有一次,我看到一对父母,母亲抱着一个小孩在路边拦车,焦急得很,小孩的嘴唇看上去都发了紫,我赶紧停靠过去,让他们上了车。到了医院,孩子的父亲要掏钱付账,我对他们说,不用了,抓紧时间去看病吧。"

老王听后说道:"你是个好人。你做得对。"

司机说:"但还手机让我很矛盾,以后碰到这样的事,到底还要不要去做?"

老王说:"好事还是要做的。好人自然有好报。你碰到的这个人,也是个别的。只是,做好事也多留个心眼,尽量不要被人误解。社会毕竟还是需要你这样的正能量。"

之后,老王一直在想,这个司机也真是的,你不就再吃亏个二十来块钱,把手机给那乘客不就得了。后来,再想想,司机的做法还是对的。为什么?因为,我这样的思想,会纵容了社会的不正之气,挫伤了为人向善的良好动机。

不久,老王又有一次打车去上班。出租司机说要二十块钱。老王说:"打表啊,我一直只需要十二块钱。"

司机说:"那你换一辆车吧?"

老王想:我也不能纵容你这种不良习风。虽然数目小,不打表叫价,说重点也是一种敲诈。想到这里,老王说道:"你拒绝打表,拒绝载客,不怕我举报?"

司机无语。

后来,老王一直想起这两个司机,同样是赚钱,其行为却是天壤之别。七想八想,老王竟然佩服起最底层、最艰难的人群做好事来。

最近,老王看到一则报道,保加利亚有一位99岁的二战伤残老兵杜布雷夫,生活靠每月150列弗的退休金度日,但他却每天步行20多公里去索菲亚街头乞讨,几十年如一日,把所得的每一分钱捐献给教堂和孤儿。这更让老王觉得这样的人比有钱有势的人做慈善来得更伟大和崇高,更使人敬佩。

真假秀

老王学画,画了一幅芍药插花图,并自题一首小诗曰:

芍药瓶中秀,
瓷花艳无休。
真无多日好,
假者百年留。

老王老婆见之，读之，问道："这诗什么意思？"

老王乐之，说道："意思好着呢？"

老婆说："说来听听。"

于是，老王一句一句地解释道："芍药瓶中秀，意思是盛开的芍药花插在花瓶中，绽放着美丽的姿态；瓷花艳无休，意思是瓷瓶上的鲜花艳丽而不会凋谢；真无多日好，意思是真正的鲜花没有多少天开得好的，不久就会凋零；第四句：假者百年留，意思是瓷瓶上的花虽然不是真的，但却能留传百年。这里的'假'字，也指的是'艺术的'意思。"

老婆说："你的意思是真的不如假的了？"

老王笑道："不是。你别看这小诗，我还是严格按照平仄关系写的五言绝句。最深层的意思是要表达人的一种处世哲学观。"

老婆说："什么哲学观？"

老王说道："人也要像瓷瓶上的花一样，活出自己的艺术来。"

老婆问："怎么个艺术法？"

老王说："有一位老师曾对我说过，人活在世上要经常问问自己，自己的一生，你给世界将留下什么？"

老婆说："那你为世界留下什么？留下许多财富？"

老王说："你说对了一半，财富分有物质和精神两种，物质财富固然也需要，但并不是更多的物质财富。要留下的应该是更多的精神财富。"

老婆说："那你的精神财富是什么？"

老王说："我的精神财富是把我的思想转化成文字，把我的艺术天赋转化美丽的画卷，尽自己的努力成为对社会有益的东西，传承给下一代，甚至更远。"

老婆说："原来你写故事出书，画画，为的是这个。那我呢，和你相比岂不是白活了啊？"

老王说:"没有,你是我的精神财富。我走多远,你也随之多远。"

老婆说:"不会吧?"

老王笑着说道:"会的。因为,我已深深地把你写在我的故事里。"

插花牡丹图题诗

老王老婆听完《真假秀》的人生哲学观后,笑着又问老王:"那你还有什么有意义的小诗?"

老王高兴地说:"当然有啊。"

老婆说:"拿出来说说。"

于是,老王又拿出一张学画的插花牡丹图,指着上面自题的小诗说:"你看看。"

老婆说:"你读读。"

老王读道:

"孕蓄问津稀,花开觅者聚。残归回寞寂,育养始无离。"

老婆说:"什么意思?"

老王说:"这也是我严格按照平仄关系写的一首五言绝句。意思是:牡丹在孕育花朵的时候,很少有人问津;到了花开的时候,有许多人来观看,再到了花朵凋零的时候,又回归到寂寞,没人来看它,但不管是花开花落,只有育养的花工始终伴随着它。"

老婆说:"什么意思?"

老王说:"人也是如此。当你刻苦进取奋斗的时候,很少有人来关心你;当你成功的时候,会有许多人来羡慕你,恭维你;当你失意的时候，他们又会离开你。然而，只有生你、爱你、养你的亲人，不管是你成功也好，失败也好，任何时候都会和你在一起，不离不弃。因此，每一个人都应该尊重不离不弃你的人，要是连这个起码的要求都做不到，那简直不是人。"

老婆说："呵呵，原来道理还不小啊。"

老王说："否则写来何用？"

老婆也笑着说："那还有什么小诗再拿来分享分享？"

老王说："当然有。"

老婆说："拿来分享分享。"

老王笑道："怕你消化不良，改日且听下回分解。"

插花百合图题诗

隔日，老王老婆又想起画中小诗来，又问老王道："还有什么小诗拿来分享分享。"

老王说："还是来一幅插花图的小诗吧。"

随之，老王拿出一张插花百合图，指着画上的小诗说："你来读，还是我来读？"

老婆说："你读吧。"

于是，老王读道：

"鲜花满古瓶，百合雨无淋。艳极添人喜，更迭厌旧新。"

老婆说："这又是什么意思？"

老王说："听着。这些小诗都是符合平仄的五言绝句。意思是：鲜花插满了古瓶，瓶中的百合花被主人细心呵护，雨水都淋不到，当花开得特别鲜艳的时候，给人增添了莫大的欢喜，然后当花朵渐渐凋零枯萎的时候，主人却毫不犹豫地将它更换，重新放上新的鲜花。"

老婆说："什么意思？"

老王说："这首小诗告诉人们，人不能以一时的受人尊重而沾沾自喜，狂妄自大，如瓶中之花，不久被人遗弃。而应该要做能够落地的花木，不断沐浴阳光，吸收土地的营养，即使花谢了，也不会被淘汰，因为，主人还会等待来年更多美丽的出现。"

在　唧

老王老婆在第一百货公司，打电话老王："我看中了一条衬衫，可惜要600元，太贵了，你说我要买吗？"

老王说："只要你喜欢，照买。"

回家后，老婆问老王："为什么我买这么贵的衬衫你不说我？我想的，你也从来没买过这么贵的衬衫。"

老王说："我们已不是缺吃少穿的人了，既然你喜欢，又不是很离谱的价格，为什么不买呢？我们不能一辈子做'在唧'呀。"

老婆说："什么意思？"

老王说："'在唧'知道吧？"

老婆说："知道，不就是夜里叫的蟋蟀。"

老王说："对。"

老婆说："但这有什么关系呢？"

老王说："'在唧'就是攒了钞票就积起来，舍不得用，这不是叫'攒积'吗。"

老婆笑道："哈哈，原来是这个意思。"

老王说:"是啊。我们不能与'在唧'一样不停地叫:'唧唧、唧唧、唧唧、唧唧……'"

老婆说:"那我们应该要怎样?"

老王想了想说:"要做糠虾,小糠虾。"

老婆说:"为什么?"

老王说:"因为攒了钱,就得花。怎么花?为了达到小康生活而花。当然也为达到身体健康而花。所以叫小康化(小糠虾)(吴语中'化'与'虾'音近同)。"

注:在唧:吴语中蟋蟀的别称,文字根据读音而写,是否有正规的吴语写法,不得而知。

糠虾:吴语中指小虾。

畸形青鱼

春暖花开,老王和朋友一起钓鱼。回到家中,老婆问老王有没有钓到大鱼。老王说:"早春季节青鱼还极少上口。在接近中午的时候,一位朋友才钓上了一条大青鱼。可是朋友把它放了。"

老婆问:"为什么放了?"

老王说:"朋友说那条青鱼可能受过伤,背弯的,畸形,不敢要。"

老婆说:"这条鱼蛮幸运的。"

老王说:"是啊。这条青鱼真是幸运。可幸运的并不是它的优点,反而是缺点。所以人生也是如此,真所谓塞翁失马,焉知非福。我父亲曾多次讲过关系爷爷类似这样的人生经历。"

老婆说:"什么经历?"

老王说:"我们这个村有做篾头的习惯,也就是说做竹篮子等竹器的习惯。而我爷爷那个时候经常去贩运竹头,也赚了很多米钱。可爷爷喜欢赌博,喜欢做赌庄的风光,总是把贩运来的钱输光。输了再去贩运,有钱了再去赌,反正无啥子积余。"

老婆说:"赌博不是好事。"

老王说:"虽然我也不提倡赌博,但父亲跟我说,幸亏爷爷把钱输光了,否则在'文化大革命'中,被扣上个富裕中农的帽子,苦头吃不完。"

老婆说:"坏事变好事。"

老王说:"是啊。父亲现在还跟我常说,乱世多财是祸根。叫我不要多积财,要多积才,只有知识装在自己的脑子里人家抢不去。人只要有本事,随便什么时候都不会过不去的。想想蛮有道理的。"

老婆说:"可现在不是乱世啊。"

老王说:"我也跟父亲这么说的,可父亲却说,谁知道什么时候世道会变呢?"

老婆说:"也不能全部听你父亲的,对财只要取之有道就行了。"

老王说:"是的。而我想的不是这个。"

老婆说:"你想的是什么?"

老王说:"我是在想,在人生的过程中,总会遇到这样那样的不如意,为什么我们不经常这样反过来想想而自解其困,释然面对呢?"

三分道理

朋友到老王家，朋友提起自己有一个同学，在一家公司当二老板，并占有不小的股份。公司销售每年都有好几个亿，效益良好。可朋友的同学工作一直很忙，可能平时缺少与儿子的沟通和照顾，小孩子到了高中，已患有严重的忧郁症，连吃饭都叫着不理，闭门不出。

朋友走后，老婆问老王："现在的小孩子怎么会这样呢？"

老王说："现在的孩子比较孤独，平时家长也缺少沟通，再加上孩子本身内向的话，是很容易犯上不同程度的忧郁症的。"

老婆说："碰到了这样的孩子，赚再多的钱有什么意义呢！"

老王说："是啊，所以我们要懂得'三分'道理。"

老婆说："什么'三分'道理？"

老王说："有句俗话说得好：精三分，傻三分，留三分给子孙。"

老婆："什么意思？"

老王说："一个人再精明，再能干，也不能完全扑在事业或赚钱上，只要用三分精力就够了。"

老婆说："那傻三分呢？"

老王说："傻三分就是要把三分的精力用在处理家庭、周围的同事和朋友等人与人之间的关系上，而要处理好这种与人相关的关系，必须是要舍得，要吃亏，要'傻'，只有这样大智若愚的'傻'，才能形成良好的人际关系。"

老婆说："那还有留三分给子孙又是什么意思？"

老王说："那就是还用三分的精力，用在教育子女身上。"

老婆说："噢。原来是这样。"

老王说："你看，朋友的同学造成这个样子，也就是可能违背了这'三分'道理。因此，一个人不管你能力有多好，一定要兼顾这三个方面。一个人有再大的能力，拼命为了工作，为了赚钱，却忽视了家庭和人与人之间的关系，弄得家庭不和睦，或离婚什么的，或同志之间很深的矛盾，挣再多的钱，你说有多大的意义呢？再有，即使你处理好上面两个关系，没有处理好教育子女的问题，没有好好地关注自己的孩子在各个阶段的变化，以致使自己的孩子变成了问题小孩，你说，赚钱何用？会幸福吗？"

老婆说："嗯，是这样。"

老王说："所以，'三分'道理，看似简单，然而做到却不易啊！"

一桶油

老王下班回到家，递给老婆一桶油。老婆问哪来的这桶油。老王说是单位里搞卫生的阿姨送的。老婆说："她为什么要送油给你？"

老王说："她因为要照看孙子，可能是我在工作时间的调整对她照顾得多一点，当然这也是应该的，分内之事。"

老婆说："那也不能拿人家的东西啊。"

老王说："当场拒绝人家不好。"

老婆说："这有什么不好？"

老王说："我们是礼仪之邦，需要更好地传承礼尚往来。礼是善意的载体，她怀着感恩之心送我油，是一种朴实善良的表现，所以我不能拒绝别人的善意,虽然这是一件小事,可一味地拒绝,会对善良之人于伤害,会以为我看不起她,不近人情,而这种小小的伤害也可能会持续很久。所以我只能也采取变通的方式,以其善还其善。"

老婆说:"怎么还法?"

老王说:"我自己画一幅画送她。"

老婆说:"哈哈,总算你画的画可以换油使了。"

老王自嘲道:"哈哈,不知不觉中,自己的画找到了体现价值的地方了。"

忘　杯

老王去连云港出差,从常熟到连云港或从连云港到常熟的长途汽车每天只有一班,即早上七点十五分。为此,老王早上六点就起床。老婆更早起床,为老王准备了换洗衣服,以及早餐。老王把所要准备的资料,车上看的书、手机充电器、剃须刀、换洗衣服等全部装入包中,并沏好了一杯不错的茶。

老王吃过老婆准备的可口面条,打车直往长途汽车站而去。半路上,老王发现茶杯忘了带了,可时间已不允许来回折腾,只得作罢。老王心中不免有些不快。临走时,老婆还不时问:剃须刀带了没有?充电器带了没有?唯独没有问杯子带了没有?

老王坐上长途汽车后,就想起了林青玄所说的一句话:"人生是不可管理的。"他所说的不可管理,包括:生老病死,爱别离,怨憎会,求不得,烦恼炽盛等。老王想"遗忘"也是人生不可管理的一个方面。

不可管理的情形确实是人生中最大的悲情，而这些悲情却确确实实地存在，而且不可避免地发生，如果不理解不可管理的悲情所存在的事实，势必追问为什么会发生这样的情形，为什么自己没有做到，为什么别人没有提醒到位等等。事实上，即使问一万个为什么，对于这些已经发生的或将来要发生的情况来说都无济于事，问得越多，只会烦恼越多。

　　一路上，老王越想越坦然。因为，老王已明白，这种不可管理的悲情发生，是人生过程中的必然，明知会发生，为何不坦然面对呢？唯有坦然面对才能使自己不跌爬在充满烦恼、痛苦的地狱般的人生中，才能使自己真正从容漫步在人生的花园之中。

汽车座椅套广告

　　在开往连云港的长途车上，老王发现座椅套上打着一个酒店的广告。广告共五项字。第一项是："某某大酒店"比其他几项字要大几倍；第二项是地址；第三项是括号中的说明，说明车站离酒店特别近；第四项是订房电话号码；第五项是"凭随车名片入住可优惠人民币50元。"前四项为蓝字，最后一项是红字，底布为白色。

　　老王从包中取出参会材料，发现下榻的宾馆就是这个酒店。于是，老王从车上取了一张名片。

　　到了酒店，老王递上名片，将广告情况向前台服务员述说，服务员说是没有听到过，可能是假的。

　　老王想：车站不可能无偿做假为酒店打免费广告，也犯不着花自己的钱做座椅套而为了得一骂名，世界上没有傻到如此地步的商家。一定是酒店领导与服务员的沟通脱了节，或者说领导打广告根本没有考虑要优惠顾客，纯粹为广告而为。想到这里，老王真真切切地明白了，着着实实地明白了收音机里播广告时常说的一句话："广告内容，仅供参考！"拿广告内容说事，真是自作多情！

飞机上的摩擦

2014年12月11日，从泰国飞往南京的飞机上，有一对夫妻，因为与机上服务的摩擦产生了过激的行为，造成了飞机返航。夫妻俩被泰国警方带走，最终虽未被追究刑事责任，但是还是被罚了款。同时，这个事件也对社会造成了一定的影响。

老王听到这个新闻，一直在思考，在飞机上，对于服务上的好与不好，相信都是小事，为何会发展如此比较严重的地步？

老王想起了林青玄所说的烦恼之源的"我执"这个词来。什么是"我执"？老王理解是以自我为中心，认为只有自己才是对的，别人都不对。造成这个原因的原因还有一个说法就是"所知障"。因为有了"所知"的障碍，从而产生"我执"的障碍，最终形成了烦恼。

老王小时候，父母常将河水提到水缸里用矾来净化，经过一段时间后，缸底会沉淀一层杂质，父母总是关照舀水时要动作轻，不能把水搅浑了。老王想，要是自己不懂得动作重了会搅浑水的"所知"，搅浑水是必然会发生的。然而，搅浑水只需要一秒钟的时间，净化一缸水却需要好几个小时。老王想，烦恼也一样，如果犯上了"我执"的"所知障"，搞砸一件事很容易，平息一件事却需要很长时间，甚至很大的代价。

那么如何来消除烦恼呢？老王想，只有冲破"所知"的障碍，开启智慧的大门,才能有效地让"我执"退避。

想到这里,老王闭目自省,暗暗希望自己能远离"我执",做一个内心充满快乐的人。

男人是一个家庭的小太阳

最近,朋友在看老王的《老王小故事》,她发微信说:"真的很感谢你,看你的文章真的让我心态变好。"

老王说:"但愿,但愿你天天充满阳光。"

朋友说:"我可能经常心态不好,所以看你的文章效果特别明显。"

老王说:"心态决定姿态,姿态决定状态,这是马云说的一句话。所以,一个人的心态是很重要的。"

朋友说:"我就是心态不好。"

老王说:"这如同你练书法,需要不断历练,不断感悟。每一次感悟都是自己心灵的一次净化,我也一样。"

老王继续说:"心态好了,状态好了,做什么事都感到快乐。而且,心态好的人对做事的定位也与心态不好的人完全不同。比如,一个家庭,一个男人,心态不好,往往是以自我为中心的,自己不舒服了,对什么都看不顺眼,打老婆的也有,打孩子的也有,与父母吵架的也有,抛弃家庭的也有,等等。而心态好的男人,往往把自己定位成是一个家庭的小太阳,有了这个定位,他会去爱自己的爱人,爱自己的孩子,爱自己的父母长辈,甚至爱周边的人。心态好的男人,为了让每一个家庭成员都能得到他的阳光,他就会去努力,即使碰到困难,他也会尽力去克服,即使遇到挫折,他也会从容面对。"

朋友说："你说得好。"

老王说："所以，如果每一个有心智的男人都有一个家庭的小太阳的定位，我相信世界一定会变得更加美好。"

朋友说："我也深深感受到了你的阳光。心态也好了很多。"

井、潭、湖

老王和老婆散步。老婆说："许多人削尖了脑袋到处赚钱，你却好，除了上班以外，就是写字画画。"

老王说："我们缺吃少穿吗？"

老婆说："当然不是，但钱再多也不触手啊。"

老王说："在不是缺吃少穿的情况下，还是随缘比较好，不强求，有机会就争取一下。"

老婆说："主观不积极。"

老王说："你说得也对。但赚钱如同挖井、挖潭、挖湖一样，对于一个人或一个家庭来说，每天可能仅需要一两瓢的水，我属于挖井的那种，虽然没有挖潭、挖湖的具有养鱼、垂钓、划船之类的乐趣，但我明白，井外、潭外、湖外的世界更加精彩。"

老婆说："有钱了，他们也会享受潭外、湖外的风景和精彩。"

老王说："虽可这么说，但挖大了，他们更多的时间会消耗在挖潭，挖湖，储水，护潭，护湖之上，这就是有所得必有所失。"

老婆说："那你呢？"

老王说："我不必花太多的精力在井里，井外的风景才是我追求的精彩。"

油画人生

晚饭后,老王和老婆散步。老婆说:"你看看我今天气色如何?"

老王说:"像小苹果,很好。"

老婆说:"你不仔细看一下,应付我。"

老王说:"距离产生美。人生就像一幅画,年轻时如工笔画,近看也好,远看也好;年长时如油画,近看斑斑点点,远看还是一幅美丽的画。"

老婆说:"你是嫌我老了?"

老王说:"不是,人要学会欣赏,我们已经到了油画人生的阶段,要是细看,已不再是年轻时的好看,皱纹、白发、老年斑难免都会上脸,看细了你会感觉不高兴。所以,我们要放下心来,保持好的心态,不能太重细节,粗看看就行,远看看就行,大体看看就行,这也叫识大体。"

老婆说:"那大体到什么也看不清了怎么办?"

老王说:"那就成为心中的一幅美丽的画吧。"

谨防医"死"

老王与朋友在梨花邨生态园午餐。周总从上海某医院接其母亲出院晚到。周总说:"母亲90周岁,市里医生看后,开出病危通知单,并让母亲这也不能动,那也不能翻身,弄得很不舒服,还说让她活一天是一天,尽快做好料理后事的准备。"

周总并说:"我不死心,与十年前为母亲做手术的上海某医院的一位专家联系,并入住该院。后经诊断,是胆结石,流沙状的,医生不仅让她翻身,还让她随便运动,并在她鼻孔里放入一粒黄豆大的东西和一根细管,对着仪器,把结石打掉,一个星期就出院了。"

一位朋友接话戏说道:"本来《军港之夜》(办丧事喇叭鼓手常吹的一个曲)早就吹过了。"

周总叹道:"本来,母亲早就入土为安了。"

老王听罢不禁疑惑:胆结石是常见病,并非疑难杂症,这样的手术市各大医院均有得做,为何让病人回去等死?莫非是医生见病人年龄大了,万一有闪失,怕担责任?

老王想到这里,说:"有的医师变成了'医死'了啊!"

(一位媒体朋友说:"之前曾发过一条消息:波兰医院罢工,病人死亡率降低了一半。")

进而,老王(听到这里,)终于明白:进医院也要谨防"医死"啊!

谨防"新羊狼"

在梨花邨生态园午餐，谈起"医死"，一位媒体朋友说，两个月前，自己的姐姐溺水，送到医院抢救，折腾了一段时间，花了六万多块钱，医生最后说回去准备后事吧。无奈，我们问医生，要不要带着氧气瓶接病人回家？医生很干脆地回答说：不用了。家里房子都出空了，准备料理后事。可是，不久，她竟然自个儿醒了，爬起来要吃东西，至今活得好好的。

老王说："不说医术，现在医院真的看不懂，抢救一个溺水的病人要花费那么多钱。"

另一位朋友道出医院的秘密，说："现在的医院，开所谓的好药赚钱，事实上，300块钱的眼药水并不一定比3块钱的眼药水管用，关键是针对下药；另外一个，就是瞎折腾，将简单的事情复杂做，让病人七检查、八检查，而这些检查的名目有的根本不需要和无关紧要，这些不必要无关紧要的检查不仅给患者增加了新的身体伤害，而且检查费用很高，不少医院就是靠这个来赚钱的。"

老王听罢，说："利益驱使下的医院，雪上加霜的病人犹如舔刀的羊等待挨宰啊！"

老王进而叹道："治病救人的医生职业很崇高，千万不要变成了'新羊狼'啊！"

老王叹之又叹："现在体制下的医院，还是自防意识提高才重要啊！有句话说得好：不能让社会来适应自己，只有努力让自己适应社会啊！"

好心办坏事

在梨花邨生态园午餐，谈起医术时，一位朋友说："我家族有很多是做医生的，有的时候，医生的话也不能全听，要听专家的，在行业里富有实战经验的专家。"

老王问道："为什么？"

朋友说："有的时候，医生虽无坏意，但也会把好事变成坏事。我父亲八十多岁，请当地心血管方面的专家诊治，并配了一些药物。我姐姐也是医生，但非心血管方面的医生，她认为父亲吃的药对肾脏有伤害，因此，每天的剂量逐步减少给他服用，开始的时候蛮好，后来又不行了，送到医院，专家医生问道：药有没有改动？我姐说每天减少了服用剂量。专家医生说：现在一点办法也没有了。本来父亲年龄大了，虽然对肾脏有点伤害，但不至于伤命，多活一段时间是没问题的，结果，好心人办了坏事。"

听到这里，老王想起台湾一位哲学教授傅佩荣说的一句话："专家只不过比别人多知道一点点而已，但这一点点就是功力所在。"

老王心想：这就是专与不专的区别啊！

没有罪名的过失杀人

在梨花邨生态园用餐，谈起专业与不专业的问题。朋友说："有的毛病，不能头痛医头，脚痛医脚，如眼睛，好多疾病都能通过眼底板来反映出来，但并非是眼病。所以，真正的好医生要懂得全科，就如企业的老板要懂得全盘考虑问题。最典型的例子就是：我原来单位的同事，做了手术，手术很成功，但出院的当天晚上就去世了。原因是医生没有考虑到病人先前切除过一只肾，配的药物中对肾功能造成了伤害，病人承受不起。"

老王说："说明这医生还不够专。"

老王说到这里，心想：一着不慎，前功尽弃。相信医生不会不知道自己开出药物对肾功能有伤害的情况，只是没有细心去了解病人身体的整体情况，就事论事，结果手术成功了，人没了。有一句话说得对：简单的事重复做，你就是专家；重复的事用心做，你就是赢家。但愿这只是成为赢家过程中的一个教训，只是这个教训太大了，要知道，这个教训是一个没有罪名的过失杀人啊！

美丽的陷阱

老王老婆前两天通过朋友介绍去了某医院做妇科检查，经检查老婆有宫颈息肉。副主任医师建议做一个宫腔镜，说费用大约六千多元，需办入院手续，自己只需要花一千多元钱，其余均可进入医保。老婆同意入院，并拍了片。

第二天，老王陪老婆去医院做了B超、血检、尿检等手续，老婆从B超室出来，说："主任医师说，子宫、环位都很好，还说，你要做宫腔镜啊！"

晚上，老王把梨花邨生态园午饭时朋友们谈的关于医院医生的话题和老婆说了一遍，并将B超结果用手机发送给另外一个医院的B超医生朋友，朋友说："没什么问题。至于讲的息肉，有时人也不去弄掉的，如果感到不舒服，摘除是很容易很快的事。"综合多方面的考虑，老王坚决不让老婆做宫腔镜。因为，检查出来子宫好好的，做宫腔镜花钱是一回事，更重要的是全身打麻醉，空折腾徒增伤害。

第三天上午，老王和老婆叫上介绍去医院的朋友去医院，推说老婆腹泻中止住院。医生对朋友说："本来想帮她检查得仔细一点，那以后再来吧。"

老王知之，心想：以后也不来了。并暗自庆幸，幸亏梨花邨生态园的午餐，让我及时了解了医院的一些真实情况。否则，痴羊入屠场，无法避免啊。

老王继而又想：生活中，美丽的陷阱真是太多了啊！

雅　傻

下午，老王去了北京的一家公司，用手机拍了一张这家公司会客室的照片，并把它发到了微信朋友圈内。

朋友们看到照片上的沙发后面，透明的玻璃橱窗内的各种大件玉雕都说："好东西。"

老王说:"朋友的东西,赏赏眼。"

有朋友说:"看看就好,有钱就买。"

也有的朋友说:"有钱就任性。"

老王说:"不必拥有。不必要是因为:一是要花钱;二是要给地方保管;三是要防丢防抢而花不必要的心思。因此,可有可无的东西且贵重的尽量不买。要是留给下一代更是惨了,把上面的烦恼也传代,那真是雅傻一个!"老王还在后面发了一个龇牙的笑脸。

有的朋友说:"对。"

老王继续说:"世界上好东西太多了,但你拥有未必是好事。"

也有朋友说:"不要酸葡萄主义,买不起的东西,找些理由推托,说不买为好。"

老王回答说:"酸酸的。"

老王虽然没有继续辩解,但心中还是这么认为,没有必要羡慕奢侈的财富,买得起,老王也不会买,即使如朋友所说,找不买的理由推托,那至少也能给自己一个快乐的理由,一个平衡的好心态。

老王想到这里,坚定地对自己说:"绝不能做雅傻。"

帮别人就是帮自己

老王到北京的一个朋友处,走出困境的他竟然在短短一两年时间内打了个翻身仗,年经营的业务达到 10 个亿,还雄心勃勃地告诉老王,明年争取做到 30 个亿。

老王很佩服朋友,因为老王曾经也帮过他不少忙,在酒席上,他多次感谢许多朋友在困难时的支持。

朋友是一个十分讲情义的人,他提起无锡的一个朋友在他困难时给予了很大的支持,说当时向无锡朋友借三五十万钱,那时无锡朋友的公司十分兴旺,无锡朋友调侃地对他说:"三十万,五十万,就是八十万,给你八十万。"

朋友说:"今年春节前,接到了无锡朋友的短信,说救救我啊!"

他问道:"怎么个救法?"

无锡朋友说:"我只要二三百万就能挺过难关了。"

他也调侃地对朋友说:"二百万,三百万,就是五百万,给你五百万。"

老王闻之,感慨地说:"这真是典型的'帮别人就是帮自己'啊!"

后　记

　　《人生的最美》是《老王小故事》的继续，是对生活中琐碎小事的记录和累积。

　　曾有一位一起学画的朋友，开了一家茶餐店，店里书架上放着我的书。有一天下午，阳光明媚，一位女士，在咖啡的陪伴下，静静地看了一下午的《老王小故事》。时隔两个星期，那位女士，又问店主要找我的那本书，又足足看了一下午。朋友把这个情况告诉了我，说你有粉丝了。当时我想，原来我写的故事还能有吸引人的地方。

　　我的同学，江苏金龙科技股份有限公司的董事长金永良，曾对我说："你的书，我女儿坐在床上看着看着，就在笑，问她为什么笑？她说：写得蛮讽刺、蛮有道理的。"

　　前些天，我将准备出版的《人生的最美》电子稿拷贝给朋友，请朋友阅示后发表意见和建议。隔日，我和朋友见面。朋友说："你的书稿，我一口气看了五十多篇，故事很幽默，使人笑中受益。"同时，朋友还说："我的轿车后盖刚被一个疯子用砖头砸坏了。本来依我的脾气肯定会冲上前去，把疯子臭打一顿。后来，一想到刚看到的你写的小故事，心态一下子平和了不少，心想：何必与一个疯子计较呢？他是疯子，不正常，难道自己也是疯子吗？就这么一想，事情就简化了。"许多朋友看了我的书，都对我加以鼓励，也给了我不断写作的勇气和动力。

　　《人生的最美》的写作，曾有朋友问我，你从生活中毫不起眼的素材怎么能写出雅味？我说，我就像一个极其普通的根雕师傅，只是把人们丢弃的树根捡起来，略加雕刻，把它变成一个可以赏玩想象的小小艺术品而已。因此，写书对于我来说是一件非常有趣的事，也是一件能够自悦身心的乐事。也有的朋友问我，你写书累不累？我说，一点也不累，我只是将生活中的小事，以我自己的方式加以记录，加以雕刻，加以提高，每一个故事都是独立的，没有连续性，不需要苦思冥想，仅需要不断累积而已。

　　《人生的最美》的顺利出版，得到了江苏省作协主席范小青的热情指导，并为之作序；也得到了文友、著名作家陈武、常熟市作协主席俞小红，以及江苏金龙科技股份有限公司董事长金永良的大力帮助和支持，在此深表谢忱！同时，也对关心本书出版的各位朋友，表示衷心的感谢！

作　者
2015年4月1日